俺だけができる《ステータス操作》で最強へと至る
2
Fランク冒険者の成り上がり
まるせい
ill いずみけい
モンスター文庫

「私はティムさんと一緒に住んでいて、一緒に冒険をしているガーネットです」
《ガーネット》
新人冒険者
《ティム》
Dランク冒険者

「むっ……」
《グロリア》
Cランク冒険者
《マロン》
Cランク冒険者

「も、申し訳ありませんっ!」
《フローネ》
料理人

「お兄ちゃん！」
《サーシャ》
ティムの妹
「ごふっ！」

「後輩君っ！」
《ミナ》
Bランク冒険者

Fランク冒険者の成り上がり～俺だけができる《ステータス操作》で最強へと至る～②

まるせい

MONSTER bunko

CONTENTS

一章

「うーん、どうしよう？」

王都にあるパセラ伯爵家本邸、用意された部屋で俺は独り、唸っていた。

目の前には、俺にしか見ることも触ることもできない半透明の画面が浮かんでいる。

ある日突然使えるようになった、ユニークスキル『ステータス操作』をするための画面だ。

元々、芽が出ない、スキルを保持していない、などと言われながらFランク冒険者を続けていた俺だが、このユニークスキルのお蔭で『覚醒者』と呼ばれる存在になり、嘘のように強くなることができた。

何せ、この『ステータス操作』は『筋力』や『敏捷度』などの身体能力や、『魔力』や『精神力』などの魔法の威力に影響するステータスを自分の意思で簡単に強化することができるからだ。

さらに『職業』を変更することが可能で、スキルも自在に取得できるので、前衛・後衛・支援まですべての役割を担うことが可能となっている。

これまでソロだったゆえ、一人で何でもできるよう、必要な能力を試行錯誤しながら伸ばしてきた。

「その結果がこれか……」

俺は改めて自分のステータスを確認する。

名前：ティム　年齢：16　職業：魔道士レベル40

筋力：285　敏捷度：298　体力：272

魔力：421+80　精神力：407+40　器用さ：395+40　運：266

ステータスポイント（ST）：15

スキルポイント（SP）：13

ユニークスキル：『ステータス操作』

効果倍指定スキル：『取得経験値増加5』『取得スキルポイント増加5』『取得ステータスポイント増加5』『アイテムドロップ率増加5』『アイテムボックス5』

スキル：『剣術5』『バッシュ5』『ヒーリング5』『取得経験値増加5』『取得スキルポイント増加5』『取得ステータスポイント増加5』『パリィ5』『後方回避5』『ファイアアロー5』『アイスアロー5』『ウインドアロー5』『ロックシュート5』『瞑想5』『ウォール5』『バースト5』『魔力集中5』『スピードアップ5』『スタミナアップ5』『アイテムドロップ率増加5』『アイテムボックス5』『指定スキル効果倍5』『指定スキル効果倍解除5』『地図表示5』『索敵5』『ダブル5』

『魔力』や『精神力』の数値はBランク冒険者のオリーブさんには敵わず『筋力』と『体力』はガーネットに負けてしまっている。

「全体的に色んな職業レベルを上げられるのは俺の強みだけど……」

俺は改めて取得している職業一覧を確認した。

『選択可能職業』……『見習い冒険者レベル31』『戦士レベル30』『斥候レベル30』『魔道士レベル40』『僧侶レベル35』『遊び人レベル20』『商人レベル30』

見ての通り、万遍なくレベルを上げていたのだが、パーティーを組んでいる相棒が『剣聖』なので、最近では後ろからサポートすることが多く、前衛スキルを使う機会がない。

「最初から『魔力』と『精神力』に振っておけばな……」

『ステータス操作』に目覚めたばかりのころは、ソロということもあってか低い項目にSTを振り分けることが多かった。

お蔭で何でもできる代わりに、俺だけの強みというものを失った気がする。

今の俺はどの立ち位置でも無難に役割をこなすことができるのだろうが、ガーネットやオリーブさんのように、絶対にこのポジションでなければならないという持ち味がない。せっかく

6

冒険者をしているのだから、誰からも望まれる自分だけの役割が欲しいのだが……。

「とりあえず、魔道士もレベル40まで上がったし、次の職業にするか……」

今更考えても詮なきこと、一度振ってしまったSTは取り戻せないので、俺は先のことを考えるようにした。

今回、魔道士のレベルが40に到達したことで、新たなスキルが発現した。『ダブル』というスキルで、このスキルは、唱えた魔法の半分の威力の同じ魔法を連続で放つことができる。

たとえば『ファイアウォール』なら高さ半分の壁がもう一つできるし、『ファイアバースト』なら連続して爆発を引き起こす。

つまり、実質威力が1.5倍になるので、今まで倒すのに苦労したモンスターも、一撃で確殺できるようになった。

こういった、習得に長年時間を掛けなければならないスキルもSPを振れば即座に習得できるのが『ステータス操作』の利点だろう。

「ひとまず、次は僧侶を上げるとするか……」

現時点で、俺たちのパーティーを強化するならガーネットへのサポートを充実させた方が良い。

俺は自分の職業を『僧侶レベル35』へと切り替えた。

名前：ティム　年齢：16　職業：僧侶レベル35
筋力：285　敏捷度：298　体力：272
魔力：421+35　精神力：407+70　器用さ：395+35　運：266
ステータスポイント（ST）：15
スキルポイント（SP）：13
ユニークスキル：『ステータス操作』
効果倍指定スキル：『取得経験値増加5』『取得スキルポイント増加5』『取得ステータスポイント増加5』『アイテムドロップ率増加5』『アイテムボックス5』
スキル：『剣術5』『バッシュ5』『ヒーリング5』『取得経験値増加5』『取得スキルポイント増加5』『取得ステータスポイント増加5』『パリィ5』『後方回避5』『ファイアアロー5』『アイスアロー5』『ウインドアロー5』『ロックシュート5』『瞑想5』『ウォール5』『バースト5』『魔力集中5』『スピードアップ5』『スタミナアップ5』『アイテムドロップ率増加5』『アイテムボックス5』『指定スキル効果倍5』『指定スキル効果倍解除5』『地図表示5』『索敵5』『ダブル5』

補正値の関係で少し魔法の威力が落ちたが仕方ない。魔道士レベル40で新たなスキルが出現したように、僧侶レベル40まで上げればスキルを得られると期待してのことだ。

「とりあえず、これでやってみるか……」

俺がステータス画面を消すと同時にドアがノックされる。俺にはその音だけで用件を察することができた。

「……はい」

「ティム様、旦那様が御呼びです」

ドアを開けると屋敷のメイドさんが頭を下げる。

「わかりました、すぐに伺います」

「かしこまりました」

俺を呼び出したのはこの屋敷の主のウイングさん。俺とパーティーを組んでいるガーネットの父親なのだが、なぜか実の娘よりも俺に声を掛けてくることが多い。

「俺と呑んで楽しいのかな？」

嬉しそうに、ワインを開けるウイングさんの姿を思い浮かべる。王都に来て、この屋敷に滞在するようになりしばらく経つのだが、最近では毎晩酒の相手に誘われている気がする。

「あまり羽目を外すと、ガーネットの機嫌が悪くなるから程々にしないとな」

ウイングさんと酒を呑んでいると、ガーネットが妬ましそうな表情をすることがある。実の娘である彼女よりも、俺の方がウイングさんと仲良くしているので妬いているのだろう。

俺はステータス画面を消すと、ウイングさんの部屋へと向かうのだった。

「ティムさん、今日はどんな依頼を受けましょうか？」

翌日になり、冒険者ギルドを訪れた俺とガーネットは、依頼掲示板の前に立っていた。

ここ王都では、多くの人間が暮らしている。

錬金術士や鍛冶士や料理人など、生産をする者。商人など商品を取り扱う者。それらの人間が欲するアイテムや食材など、ほとんどのアイテムがダンジョンからドロップされている。

そんなわけで、掲示板の前には多種多様な依頼がびっしりと貼られていた。

「そうだな、鉱物アイテムはもう十分に在庫があるし、『植物系ダンジョン』のドロップアイテムの依頼でどうだ？」

パセラ伯爵家の倉庫を借りて保管しているのだが、俺が持つ『アイテムドロップ率増加』というスキルのお蔭で、俺たちは他の冒険者よりもアイテムを入手できる確率が随分と高い。

その上『アイテムボックス』という、その場でアイテムを出し入れすることが可能なスキルがあるので狩りの効率が段違いなのだ。

ヴィアならギルドマスターとサロメさんに俺のユニークスキルを教えているので問題ないのだが、王都のギルドには親しい職員もいないので、アイテムボックスを開くこともできない。

そんなわけで在庫を持て余すので、他のダンジョンの依頼を提案してみた。

「植物系ってあまり強くないですよね？　ちょっと退屈かも……」

ガーネットは「むむむ」と唸り、掲示板を凝視している。どうやら彼女のお眼鏡にかなう依頼はなさそうだ。

この王都には全部で七つのダンジョンが存在している。それぞれ『物質系』『植物系』『獣系』『水棲系』『竜種系』『悪魔系』『精霊回廊』となる。

他にも『昆虫系』『天使系』などなどのダンジョンも存在しているのだが、種類に関しては研究者でもなければ把握できるわけではないので、普通に利用する分には十分だ。

「なんていうか、斬った時の手ごたえが欲しいんですよ」

ガーネットはそう言うと、剣を振る動作をしてみせる。実際に剣を持っていないというのに、まるで本物を振ったと錯覚しそうな動きだ。

「まあ、気持ちはわからなくもないけどな」

物質系ダンジョンと違い、植物系モンスターの本体は葉や茎などの植物でできており、手ごたえがあまりないので、武器を振って戦う冒険者はあまり好まない。

「水棲系ダンジョンはどうでしょうか？」

代わりに、水場のダンジョンを提案してきた。

「……そっちは止めておこう」

俺は一瞬逡巡すると、その提案を却下する。

「ええっ！　どうしてですか？」

不満そうに見上げてくるガーネットから俺は目を逸らす。以前、彼女と河原に採取依頼に行った時のことを思い出したからだ。

当時、ガーネットは不注意で水に濡れ、着ていたドレスが透けたことがあった。今も身に着けている純白のドレスなので、はっきりと肌の色まで見えていたのだが、彼女自身気付いた様子がなく、指摘できる程豪胆でもなかった俺は、服が乾くまでの間、目を逸らすことで対応した。

俺と二人きりならばそれもいいが、王都のダンジョンともなると他の冒険者と途中で遭遇する可能性が高い。

こうして身近で見ると、ガーネットはおそろしい程に整った容姿をしている。そんな彼女が肌を晒していたら厭らしい視線を向けてくる冒険者が後を絶たないだろう。最悪、邪な考えを抱くやつもいそうなので、双方にとって不幸な事件が起こる前に対策をしておくべきだ。

「とにかく、そんな危険な場所には連れて行けない」

「ええっ！　そんなに強いモンスターでもないのにっ！」

ウイングさんからも毎晩「娘を頼む」と頭を下げられている。俺はガーネットの懇願をバッサリと切り捨てた。

「植物系モンスターとは街の外でも遭遇する可能性が高い。今後、外での依頼も請けなきゃならないんだから体験しておくべきだぞ」

「うっ……そう言えば、Cランクからは街の外での護衛依頼を請けないといけないんでした……」

ウイングさんの試験の時、ダンジョンを巡りドロップアイテムを冒険者ギルドに収めた結果、俺たちは冒険者ランクがCまで上がった。

Cランク冒険者は一般的にベテラン冒険者に分類される。冒険者ギルドも、そういった冒険者にこそしっかりと依頼を請けて欲しいらしく、重要な依頼が回ってくる。

「ティムせん……ティムさんがそこまで言うのならわかりました。さっさと行って、さっさとアイテム回収してきましょう」

気持ちを切り替えたガーネットは、握り拳を作ると気合を入れる。

俺たちは、手頃な採取依頼を請けると、植物系ダンジョンへと向かうのだった。

◇

『はっ！　やっ！　はっ！』

遠く離れた場所で、ガーネットが躍るように剣を振っている。

優雅ささえ感じるその動きは速く、これだけ遠くで見ていても一瞬、彼女の姿を見失ってしまいそうになる。

現在、彼女が戦っているのは【プーラント】というモンスターで、蔦を伸ばして攻撃してくる。ガーネットはその動きを見切ると正面から蔦を切り飛ばし、あっという間に距離を詰めると、プーラントを真っ二つにしてしまった。

モンスターが倒れた後の地面には、ドロップアイテムが残る。

俺たちが請けた採取依頼で必要な【プーラ】という調味料があった。

この調味料は舐めると草の香りがするのだが、肉などにまぶして焼くと、何とも言えない味が付き美味しく料理できるとか。

ガーネットはドロップしたプーラを瓶に回収し終えると、満面の笑みを浮かべ振り向いた。

『どうですか！　ティムさん！』

遠く離れた場所にいる彼女――ガーネットが聞いてくる。俺と彼女が耳に着けている『虹の涙』の効果だ。

「どうもこうも、こんなもんじゃないか？」

このやり取りは今日だけで五度目になる。ウイングさんの試験で得た『虹の涙』は『送信側』『受信側』がセットになっている耳飾りだ。送信側から受信側に声を流すことができる。

試験の際手に入れたこのアイテムを俺は売るつもりだったのだが、ガーネットから思いの外激しく抗議をされた。

「ティム先輩との想い出のアイテムを売るなんてとんでもない！　どうしても売るというのな

ら私が買います！」とまで言うので、仲間内で売買するのも気が引けたので、プレゼントした。

それだけだと、ガーネットの身に着けている分で終わりなのだが、彼女は「これがあれば連携効率も上がりますし、何よりお父様に真の意味で認められるためにも私が手に入れないといけないと思うんです」と主張を始めたのだ。

彼女に押し切られる形でダンジョンに通うこととなり、試験終了から数週間後、俺が見守る中、単独でジュエルエレメントを撃破したガーネットは『虹の涙』を手に入れ、俺にそれを贈ってくれたのだ。

それからというもの、彼女はダンジョン探索中もよく話し掛けてくるようになった。

『もっと、どこが駄目だったか教えて欲しいです！　私のことを見てくれているのはティムさんしかいないんですから』

前衛としての動きは完全にガーネットの方が上なので、俺なんかに指摘できる部分は何もない。

ところが、肝心の彼女はそれで納得できないのか、ムッとした表情を浮かべると俺に要求してきた。俺は彼女の動きを頭の中で思い出す。

「少なくとも、この程度のモンスターではガーネットの力を測るのは無理。随分と強くなったからな」

仕方なく、指摘できない理由を告げる。

『そ、そうでしょうか？』

事実を言っただけなのに、ガーネットは黙り込む。遠目に観察すると両手で頬を強く引っ張っていた。

「ガ、ガーネット？」

彼女の奇怪な行動に思わず声を掛ける。

『な、何でもないです』

まあ、彼女がそう言うのなら深くは突っ込むまい。

「それより、奥に二匹モンスター反応がある。動き方からしてプーラントだ。注意しろ」

『わかりました！』

俺は目の前に表示されているダンジョン内地図を見ながらガーネットに忠告をする。

これは斥候のレベルを上げて得た『地図表示』というスキルだ。ダンジョン内で通った場所を表示する効果があり、『索敵』という敵と味方の位置がわかるスキルと併用することで、地図内にいる敵・味方・中立の存在を点で示してくれる。

このスキルのお蔭で、俺たちはダンジョン探索をとてもスムーズに行うことができている。

ガーネットは曲がり角の真ん中に立つと剣を正面に構えて息を整える。二匹のモンスターの反応が段々と曲がり角に近付いてきて、今にも彼女の前に現れようとした瞬間……。

「今だっ！」

『はあっ！』

オーラを纏ったガーネットの攻撃が襲い掛かる。

現れた瞬間、プーラントはガーネットの攻撃を受けて真っ二つになった。

『どうでしたかっ！』

振り返り、満面の笑みを浮かべながら、本日六度目の評価を聞いてくるガーネットに……。

「流石にモンスターに同情しそうになった」

こちらを認識することもできぬまま倒されたモンスターを、少しだけ哀れに思ってしまうのだった。

◇

数日後の早朝、俺は一人『物質系ダンジョン』を訪れていた。

本日は休養日なので、ガーネットは屋敷でゆっくりしているはずだ。

昨晩はウイングさんが勧める酒に程々にしか付き合わなかったので、彼を不機嫌にさせてしまったが、用事があるので仕方なかった。

なぜ俺がこうしているのかと言うと、最近自分の剣の腕が鈍っていることに気付いてしまったからだ。

先日、パセラ伯爵邸の庭で剣を振ってみたところ違和感を覚えた。考えてみれば、ガーネットが自立し、前衛を任せられるようになってから俺は剣で戦っていない。

このままでは、いざという時に剣で戦うことができなくなると思った俺は、早朝に屋敷を出ると、一人でダンジョンに潜ったのだ。

「とりあえず、肩慣らしも兼ねて一層から四層まで踏破してみるか」

この物質系ダンジョンに籠るのは実に数週間ぶりになる。以前は、ウイングさんの試験課題の『虹の涙』がドロップするということで、冒険者から誤情報を得てジュエルゴーレムに挑んだわけだが、実際にドロップしたのは『虹のワイングラス』というレアアイテムだったので、用済みとばかりにその後足を踏み入れなくなった。

ちなみに『虹のワイングラス』は注いだワインを適温に保ち、熟成が進み、味が良くなるらしく、ウイングさんは毎日このワイングラスを磨いて大切にしていた。

ただでさえ遭遇し辛いレアモンスター。さらにその中のレアアイテムということで、何気に『虹の涙』よりも希少らしい。最近ではワイン好きな貴族の間で価値が高まっているとか。

「まあ、あんなのはもう出ないだろう」

いくら俺のドロップ率が高いとは言っても、あの時入手できたのは相当運が良かった。

俺は愛用の剣を抜くと、目の前に地図を表示し、ダンジョン探索を開始した。

しばらく歩いていると、目の前に俺の腰程までの高さのモンスターが出現する。【プチゴーレム】と呼ばれるEランクモンスターだ。

強さはコボルトと同格扱いなのだが、気を付けなければならない点がある。コボルトは武器を扱うのに対して、プチゴーレムは素手で戦うのだが、身体が岩でできているだけあって硬く重い。

重鈍な動きなので滅多に攻撃を受けることはないのだが、油断していると一撃で致命傷になりかねなかったりする。

剣による物理攻撃も、低レベルの魔法攻撃もあまり効かないため、物質系ダンジョンは低ランク冒険者にとって良い狩場とは言えず、現在俺がいる一層に他の冒険者の気配はまったくなかった。

「…………」

プチゴーレムと目が合う。実際には顔の部分に窪みができているだけで目はないのだが、見上げる角度まで顔を持ち上げているので多分見ているのだろう。

小柄な体を動かし近付いてくる。地面がズシンズシンと揺れ、靴底に振動が伝わってきた。

「『バッシュ』」

プチゴーレムは俺が放ったスキルで真っ二つに砕かれた。駆け出し冒険者が苦労する相手とは言ったが、今の俺ならあっさりと倒せる。

伊達に一年半も冒険者を続けているわけではない。武器がミスリル製の剣ということもあり、攻撃力も十分あった。

「久しぶりのソロ探索だからな、確実に倒していこう」

俺は気合を入れると先に進む。

一層をあっさり突破し、二層で【ゴーレム】三層で【ロックスネーク】と戦ったお蔭で段々身体が温まってきた。

振っている間に剣での戦い方を思い出してきたので、心地よい疲労を覚えると同時に楽しくなってくる。

「流石に、最短ルートを通ると早いな」

四層の階段が見えてくる。

王都にある物質系ダンジョンは過去にガーネットと潜っているので、四層までの道は完全に地図に表示されていたからだ。

「さて、ここからは慎重にいくとするか」

四層からはモンスターの種類も数も増えてくる。

全身が鉄でできている【アイアンゴーレム】。石像かと思わせて襲い掛かってくる【ガーゴイル】などが厄介なのだが……。

「俺には全部わかってるんだよな」

何せ、こちらには『索敵』スキルがある。目の前に浮かぶ地図を見れば、ガーゴイルなのかただの石像なのか一目瞭然だ。

「それでも、ここからはよりいっそう気を引き締めないとな」

以前はガーネットがアイアンゴーレムの相手をして、俺が補助をするということで分担していたが、今日は頼もしい前衛がいない。魔法を使えば何とかなるが、それだとわざわざガーネットの目を盗んできた意味がなくなる。

「さて、モンスターの位置は……」

三度程曲がった場所、移動距離は数百メートルくらいだろうか？　モンスターの反応があった。地図表示ではその先までは表示されていないので、奥の状況はわからなくなっている。

この『地図表示』は歩いたことのない場所は表示してくれないので、先がわからないというのはそういう理由だ。

「せっかくだし、地図を埋めるために進んでみるか」

近くに敵がいないということもあってか、俺はそちらへと向かった。

（アイアンゴーレムが一匹にガーゴイルが二匹か……）

ダンジョン途中にある小部屋の中央にアイアンゴーレムと、その両側に石像がずらりと立っていた。

おそらく、この中の二匹がガーゴイルに違いない。以前訪れた時は『地図表示』『索敵』のスキルを持っていなかったので、ガーネットが不意打ちを受けるのを嫌い引き返した。

アイアンゴーレムは部屋の奥で動くことなくじっとしている。おそらく近付いたところで両側からガーゴイルが襲い掛かってくるという罠なのだろう。

（相手が待ち構えているというのに突っ込むのもなんだけど……）

この距離からファイアアローを撃てば先制攻撃を仕掛けられるのだが、今回は倒し方にこだわってみたい。俺は、剣を抜くと一気に中央のアイアンゴーレムへと突っ込んだ。

「ゴゴゴゴゴ？」

アイアンゴーレムが反応し、俺に腕を伸ばしてくる。この動きは遠くから何度と見てきたので、完全に予測できる。

あえて速度を落とし、腕に近付く。アイアンゴーレムの腕が俺を掴もうとする、その瞬間
――

「『スピードアップ』」

――俺は今日初めての支援魔法を掛けると身体を横に流した。

「ゴゴッ⁉」

急加速した俺の動きについてこられず、アイアンゴーレムが声を上げる。

「『バッシュ』」

――ガガンッ！！！――


　剣を振ると金属がぶつかる嫌な音が響き、俺は耳が痛み、顔を歪める。

「ガゴゴゴ」

　その音に反応して両側のガーゴイルが動き出した。一撃で倒せなかったので、これからは三体の動きを見極めなければならない。

「この程度は捌けないといけないんだっ！」

　頭の中でガーネットの動きを思い出す。おそろしく速く、そして無駄がまったくない……。

「『後方回避』」

　次の瞬間、身体加速して、目の前のアイアンゴーレムから遠ざかった。

　そして、次に視界に映ったのは鋭い爪を空振りした二匹のガーゴイルの姿。

「はあっ‼」

　右側のガーゴイルの羽根めがけて剣を振り下ろした。これで一匹の機動力を奪うことができる。多対一の戦闘の場合、ガーネットはいつも相手の敏捷性を奪うため、足や羽根などを真っ先に攻撃していた。

「ガゴゴゴゴゴ‼」

　俺がそのまま右に回り込むと、体勢を崩したガーゴイルと、それを避けながら迫ってくるもう一匹のガーゴイルとアイアンゴーレムの姿が……。

「酷い時だとこの倍のモンスターを、ガーネットは前線で引き付けてるんだよな……」

バク転したり曲芸じみた動きですべてのモンスターの攻撃を完全に見切る。あのような動きは流石に真似ることはできない。

「だけど、このくらいなら……」

アイアンゴーレムの関節部分に剣を突き刺し腕を斬り落とす。それだけでバランスを崩したアイアンゴーレムは動きが鈍くなった。

「そらこっちだ！」

今度はアイアンゴーレムの背後に回り込み、ガーゴイルを挑発する。このところずっと、ガーネットの戦闘を支援していたのは無駄ではなかった。

彼女は立ち回る際、円の動きをしていた。傷付けたモンスターを壁代わりに使い、他のモンスターが襲い掛かってきた時に、また傷をつけて回る。

そうして段々と鈍くなっていくモンスターを翻弄し、怪我一つ負うことなく倒してのける。流石にそのくらいはやらないと、俺も先輩としての威厳を保てないだろう。

「よしっ！　これでとどめだ！」

数分の戦闘の後、残ったガーゴイルを斬り捨てた。

「ふぅ……、しんどいな」

今回の狩りでは、ガーネットの動きをできる限り再現してみたのだが、まず運動量の多さに驚いた。その上彼女はよく動き回るので、この程度の数ならもっと短時間で片付けていただろう。

「ひとまず、十分に身体を動かしたしそろそろ戻って休みにでも……ん？」

部屋の奥で何かが動く。ここから先はまだ未踏破だったため、地図表示もされていないし、モンスターや他の冒険者の位置もわからなかったのだが……。

「「「オオオオオオオオオオオオオオオオオオオオオオッ！」」」

複数のモンスターの叫び声が聞こえる。

少しして現れたのは様々な鉱石を身体に纏わりつかせ、下半身を回転させながら進んでくるモンスターだった。

「ここで……こいつが出てくるのか……」

この『物質系ダンジョン』におけるレアモンスター【ジュエルゴーレム】。以前、ガーネットと二人で協力して討伐したユニークモンスター、それが三体だ。

「「「オオオオオオオオオオオオオオオオオオオオオオッ！」」」

「希少モンスターが同時にとか、運がいいのか悪いのか？」

『物質系ダンジョン』は人気がないので、用事がある冒険者も最短で必要な階層まで駆け抜ける。そのせいで、レアモンスターがこうして溜まっていたようだ。

ジュエルゴーレムは完全にこちらに敵意を向けている。宝石でできた瞳が輝き、獲物である俺を見定めているようだ。

「……やっぱり、ガーネット連れてくればよかったかな?」

二人で戦って苦戦したのが数週間前。それもたった一匹に対してだ。流石にこの数は荷が重すぎるのだが……。

「そんな相手だからこそ、挑む価値があるってもんだな」

俺は、全能力を解放すると、三匹のジュエルゴーレムを迎え撃つのだった。

★

「ティム君が戻らないってどういうことですかっ!」

ヴィアの冒険者ギルド内に少女の声が響く。

青い瞳に青い髪、ローブを身に着けている少女の名はグロリア。ティムと同期のCランク冒険者だ。

「そうは言ってもですね……。彼、最近王都で活躍してしまっているので、戻ってこられないみたいなんですよ」

頬に手を当て、悩まし気な表情を浮かべる受付嬢のサロメ。彼女はティムが冒険者になったころから気に掛けていたので、ティムが成功している話を喜びつつもそう答えた。

「落ち着きなさい、リア」

興奮するグロリアの肩を掴んで止めたのは、マロン。魔道帽子にマント、中にはドレスを着込んでいる、彼女も同じくCランク冒険者で、グロリアとパーティーを組んでいる。

「だって、マロン！」

不満そうな表情を向ける。グロリアがこのような子供っぽい表情を向ける相手は幼馴染みのマロンにだけ。

「あいつだって、ここで活動するよりも誰も知らない王都の方がいいって判断したってことよ」

何せ、ティムはヴィアの冒険者ギルドでは万年Fランクの落ちこぼれとして有名だった。

グロリアたちとの冒険や最近の成果で、皆から『覚醒者』と認識されており、掌を返したかのような勧誘を多数受けていた。

ティムは皆が陰口を言っていたのを知っているので、今更その手の人間と組むのを嫌がるはず。マロンは仕方ないことだと判断した。

「うう……でも、約束したのにぃ……」

依頼から戻ってからというもの、グロリアは浮かれていた。マロンを誘って新しい服を買いに行ったり、雰囲気の良い店をチェックしたり。そわそわしている様子から、ティムと何か約束しているのは丸わかりだった。

だが、待てど暮らせどティムからの連絡はなく、挙句、確認をしてみたところ、ティムは用事で王都へと向かったのだと聞かされた。

これではグロリアが浮かばれない。そう考えたマロンは一つ策を講じることにした。

「はぁ、仕方ないわね……」

そう言って溜息を吐くと、一枚の依頼書を掲示板から剥がしてくる。

「この『王都までの商隊の護衛依頼』請けるわ」

そして依頼書をサロメの前に差し出した。

「マロン⁉」

顔を上げたグロリアは驚いた表情を浮かべていた。

「そろそろ、私たちもCランク維持のために街の外の仕事を請けなきゃいけないから、たままよ」

冒険者ギルドのランクは、C以上になると請けられる依頼の報酬が上がる代わりに義務が発生する。レアアイテムの採取だったり、要人の護衛などがそれにあたる。

レアアイテムの採取依頼は、強いモンスターがいるものの、街から数日の範囲でこなせるのに対し、護衛依頼は依頼人の人柄次第で難易度も上がるし、移動中のトラブルなどで拘束時間が長くなることもある。

実際、掲示板にはマロンとグロリアがこなせる採取依頼もいくつか貼られている。ランク維持のための依頼が欲しいなら、そちらを請ければいい。そんなことはマロンも百も承知だった。

しばらくして、マロンの真意に気付いたグロリアは身体を震わせ全身で感激を表現すると、

「マロン、大好きっ！」

マロンへと抱き着いた。

「わっ！　わかってるからっ！」

思ったより激しい抱擁に、マロンは「離して」と主張する。

嬉しそうな二人を見ながら、サロメは依頼書を引き寄せ受注の手続きをすると、

「ティムさんは、本当にたらしなんですから……」

現在、彼が世話になっている知人とその娘の顔を思い浮かべ、別な意味でティムのことが心配になるのだった。

★

「それにしても、緊張するな……」

これまで入ったことのないような豪華な造りの建物を前にして、俺は胃が痛くなるのを感じた。

慣れないタキシードに身を包んでいる上に、タイがのどを締め付けていて息苦しい。

「それは何というか、自業自得じゃないかと思います」

隣には、ドレスに身を包んだガーネットがいる。

「なあ、俺の格好って変じゃない？　浮いていないかな？」

彼女は貴族と言うこともあり、普段からドレスを着慣れているので自然に見えるのだが、俺は自分が場違いなのではないかと不安になり聞いてみた。

「大丈夫です、普段通り格好いいですよ」

俺を一目見ると笑顔を向けてくる。

「……それはどうも、ありがとう」

そう告げるガーネットに礼を言うと恥ずかしくなる。冒険者として指導していたころから俺を立ててくれていたので、社交辞令なのだろうが、あまりにもはっきりと言われるとどう反応していいかわからない。

「そろそろ入場ですから、私たちも行きましょうか」

差し出される彼女の右手をとると、俺たちは会場へと足を踏み入れるのだった。

『レディースアンドジェントルマン。今宵はこのオークションハウス【プラチナヘッド】へとお越しいただきありがとうございます。目当ての品がある御客様も、コレクターの御客様も楽しんでいただければ幸いです』

会場に入るとテーブルが並べられている。ステージではタキシードを身に着けた司会の男が話をしており、席には高級そうな料理とワイングラスや食器が並べられている。

現在、俺たちはウイングさんの代理でオークション会場を訪れていた。

「凄いな、オークションというからには、席に座って次々に出てくる品物を競り合うものだと思っていたんだけど……」

俺たちが席に着くと、次々に料理が運ばれてくる。その豪華さはこれまで食べてきた料理のなかでも記憶にない程だった。

「普通のオークションはそうですけど、ここは貴族のためのオークション会場ですから。内装に掛けられている金額も、一夜で動く金額も桁が違います。良い料理に美味しいお酒で気分をよくすれば、財布の紐も緩むと御父様が言ってました」

ガーネットはそう言うとグラスを手にする。彼女のグラスの中身はジュースになっている。

ウイングさんから酒を呑む許可がおりていないからだ。

「確かに美味い酒だな。これならどんどん呑めるから判断力も危うくなる」

食事も酒も無料とのことだが、オークションで競り合えば十分稼げるという計算だろう。

「うう、私も呑んでみたいです」

ガーネットが恨めしそうな視線を向けてくる。酒に興味があるようなのだが、両親の命令を忠実に守っているのだ。

「わかったから、今度、ウイングさんに話してみるよ」

ガーネットの希望については本人が話すよりも俺からの方が通りやすかったりする。ウイングさんもエミリアさんも、なぜか俺のことを信頼している節があり、俺が面倒を見るのなら多少のことは許容してくれているからだ。

「ありがとうございます、ティムさん」

すると、ガーネットは嬉しそうな笑みを浮かべ、俺の手を握ってきた。俺ははしゃぐ彼女の手を気にしながら周囲を見回した。

「だけど、緊張するな、余計な行動をして周りから変な目で見られたらと思うと……」

何せ貴族の作法に関してはまったくわからない。一応、ウイングさんやエミリアさんから少しは教えてもらっているが、屋敷の外でとなると気が気ではない。

「そこは私が御父様より任されておりますから。ティムさんはあれが出るまでは楽しんでいてください」

「……そうさせてもらうかな」

落ち着いた様子を見せるガーネットを頼もしく感じながら、俺はフォークとナイフを手に取るとディナーを楽しむことにした。

『さて、次の出品は……』

オークション開始から数時間が経ち、会場の熱は益々高くなっていた。

料理を食べ、酒が程よく回っているせいで、皆出品されるアイテムに入札をして競争を繰り返している。

聞くところによると、この時間帯に出品されるアイテムは、希少価値が高く、持っていれば貴族のステータスとなるものが多いので、これを目当てに来る貴族がほとんどらしい。

そんなわけで、ガーネットも先程から入札に参加し、いくつかの品物を落札している。

ウイングさんの代理ということで、それぞれの入札可能な価格まで決められているようなのだが、飛び交う金額の高さに、流石に眩暈がしてきた。

『いよいよ場が暖まってきております。さて、次の品は非常に珍しいアイテムとなります。これまで、ダンジョンの【トレジャーボックス】から極少数しかドロップされていない、この王都でも十人も所有者がいないと言われる逸品【虹色のワイングラス】です』

「出ましたよ、ティムさん！」

ガーネットが俺の腕を突いてきた。

『さて、最低入札は金貨五百枚からとさせていただきます』

『五百！』

『五百二十！』

値が釣り上がるのを見ていると緊張が蘇る。何せ……。

「凄いですね、御父様の言う通り、貴族の間で人気があるようですよ」

この『虹色のワイングラス』は俺が出品したアイテムだからだ。

先日、ジュエルゴーレムを三体倒したところ、このアイテムがドロップされた。

以前と同じようにウイングさんにプレゼントしようと考えたのだが、彼はこのオークションに出すことを勧めてきたのだ。

「実際、凄いアイテムだったからな」

ウイングさんは貴族の集まりに、このワイングラスをよく持参しているらしい。見た目の美しさもそうなのだが、注ぐと一定の温度を保つことができ、さらには熟成効果もある代物だ。安い酒でも美味しさが一段階も二段階も上がるので、魔導具コレクターからワイン愛好家に至るまで、多くの貴族がこの品を欲するようになった。

そんなわけで、ウイングさんが巻き起こしたブームに乗っかる形で出品することになり、せっかくだから自分が手に入れた品物に値段がつくところを見ておくとよいと言われ、こうして正装をしてオークション会場にきたのだ。

「凄いです、みるみる間に金額が上がっていきますよ」

既に『虹色のワイングラス』の価格は金貨二千を超えている。

『五百五十！』

半年前までは、その日の宿賃にすら苦労していた俺が、見たこともないような大金が飛び交う場所にいるのは不思議なものだ。

「このまま高額になったら、出品した人間も注目を浴びるかもしれませんね」

これまで取引実績がなかったレアアイテムだけに、ここでの評価が基準となり、高額の場合入手した人間から情報を得ようとする者が現れるという。

現在の入札は金貨五千枚。俺としては、もうこれで十分だと思っているのだが……。

『金貨一万！』

手を挙げたのは、この中でも一際身なりの良い中年の男だった。

「ゲッヘンハウト公爵様です」

この国で、国王に次いで偉い立場の人と聞いて驚く。そのような大物まで『虹色のワイングラス』を欲しがっているとは……。

『金貨一万枚！　他にありませんか？』

周囲からざわめき声が聞こえる。無理もない、一気に倍額まで金額が釣り上がったのだ。

『決定！　【虹色のワイングラス】は金貨一万枚で落札となります』

「す、凄い！　凄いですよ、ティムさん。古い屋敷くらいなら買えちゃいますよ！」

ガーネットは興奮すると俺の肩を揺さぶった。

オークションはよほど白熱していたからか、入札に参加した貴族が悔しそうに歯ぎしりをしている。

俺はオークション会場に渦巻く熱気と、貴族の嫉妬の感情を見ると……。

「ごめん、ちょっと気持ち悪くなってきた」

ワインを呑みすぎたこともあり、気分が悪くなってしまった。


「あー、少しは落ち着いた」

ネクタイを緩め、首を圧迫していたボタンを外す。

あれから、オークションをガーネットに任せた俺は、会場を出てロビーで休憩をしていた。

「それにしても、本当に別世界だよな」

周囲では貴族が互いの領地やら収入やらについて自慢話をしている。

先程の金貨一万枚は確かに俺にとっては大金だし、屋敷を買える金額となれば相当凄いに違いないのだが、彼らにとってみれば領地にある屋敷一つ程度という認識で、無理をせずとも買えるだけの資金があるということなのだろう。

話の中でも金貨百万枚とかいう単位が飛び交っているので、一生冒険者をしていても手に入らないだけの金を彼らは持っているのだ。

この先、冒険者を続けて行けばどこまで成り上がることができるのか？

子供のころ、冒険者として成功し成り上がる英雄譚が好きだったが、物語のようになるには現状まだまだ足りない。

「どうすれば英雄になれるのやら……」

憧れた物語の主人公になるにはこれ以上何が必要なのか、俺はぐったりとソファーに身を預けながら考えるのだった。

◇

「ちょっとストップ、ガーネット」

「はい？」

オークションから数日が経ち、俺たちは『植物系ダンジョン』で狩りをしていた。

「どうかしたんですか？」

ガーネットは振り返るときょとんとした表情で聞いてきた。

現在、俺たちは五層で狩りをしているのだが、特に苦戦することもなかったので、ここで止めたことに疑問が浮かんだのだろう。

「いや、今ステータスを見てたらちょっと気になることがあってな……」

そろそろ『僧侶』のレベルが40になりそうだったので、こまめにステータス画面を開いていた俺だったが、たった今見てみると妙なものを発見した。

「もしかして、僧侶のレベルが40になって、凄いスキルが出現したんですか⁉」

ガーネットは興奮気味に聞いてくる。これまでも、職業レベルを40まで上げると、かなり使える能力が出現したので、そうなる可能性について事前に話してあったのだ。

「ああ、それも合ってるんだけどさ……」

俺はガーネットに答えながらも動揺を隠しきれない。確かに僧侶のスキルで『自動体力回復』というスキルが出現した。名前の通りだとすると、このスキルを使えば治癒魔法を使わなくても時間経過で勝手に体力が回復するのではないか？

「他に何かあるんですか？」

俺が改めてステータス画面を見ると、そこには──

──『マジックマスター』という職業があった。

「ああ、新しい職業が選べるようになった」

「えっ、でも、職業は増えないんじゃなかったんですか？」

俺は以前、ガーネットに「どうやら職業は本人の資質らしいから最初から決まってるようだ」と話をしたことがある。

「『僧侶』のレベルが40になったと同時に出現したからな。多分、職業を増やすには幾つか条件を満たさなければならないってことだ」

元々『職業』という概念も、『ステータス操作』で自分の能力を正しく覗けるようになった俺だからこそ認識できたもの。

　これまで世に出なかったスキルなど、俺しか知らない情報が大量にある。だが、このスキルの検証は自分だけしか体験できないため、いまだに新しい発見がある。俺はガーネットに新しく出現した職業について説明すると……。

「つまり、私の『剣聖』みたいに、ティムさんも上位職業になれるということでしょうか？」

「……多分そうなんだろうな」

　職業名からして凄さが滲み出ている。これで弱体化するようなことはないだろう。

「それで、職業を変更するんですか？」

　ガーネットの質問に、俺は眉根を寄せ、考え込む。

「せっかくだから試したいけど、魔力と精神力の補正がなくなるんだよな……」

　そうすると魔法の効果が弱くなってしまう。この層での狩りが安定した要因でもあるので、ここで俺のステータス補正が消えるのは彼女の負担が増えることになる。

　流石に、そのようなわがままを言うのは躊躇われた。

「私はティムさんを守る盾ですから。お任せください」

　ところが、ガーネットは胸をドンと叩くとそう言った。とても男らしい態度に頼もしさを感じる。

　俺はガーネットの言葉に甘えると、早速新しい職業を選択した。

名前：ティム　年齢：16　職業：マジックマスターレベル1
筋力：285　敏捷度：298+3　体力：272
魔力：445+5　精神力：422+5　器用さ：409+5　運：268+2
ステータスポイント（ST）：0
スキルポイント（SP）：3
ユニークスキル：『ステータス操作』
効果倍指定スキル：『取得経験値増加5』『取得スキルポイント増加5』『取得ステータスポイント増加5』『アイテムドロップ率増加5』『アイテムボックス5』
スキル：『剣術5』『バッシュ5』『ヒーリング5』『取得経験値増加5』『取得スキルポイント増加5』『取得ステータスポイント増加5』『パリィ5』『後方回避5』『ファイアアロー5』『アイスアロー5』『ウインドアロー5』『ロックシュート5』『瞑想5』『ウォール5』『バースト5』『魔力集中5』『スピードアップ5』『スタミナアップ5』『アイテムドロップ率増加5』『アイテムボックス5』『指定スキル効果倍5』『指定スキル効果倍解除5』『地図表示5』『索敵5』『ダブル5』『自動体力回復1』『消費魔力減少1』

ステータス補正の付き方はガーネットの剣聖と同等レベル。おそらくSTとSPの伸びもそう変わらないだろう。

さらに、新スキル『消費魔力減少』を取得している。ガーネットの『オーラ』もそうだが、上位職業のスキルともなると必要になるSPが高いため、ギリギリ1つしか上げることができなかった。

他にも『魔法威力向上』というスキルがあるのだが、こちらはレベルが上がるまで待つしかない。

「これで、益々ティムさんの魔法に磨きが掛かるわけですね」

魔法寄りの上位スキルまで手に入れたからには、活躍の場は後衛になる。

「早速なんだけど、ガーネット……」

俺は彼女の顔をそわそわしながら見る。

「はいはい、わかりましたよ。私がモンスターを引き付けるので、ティムさんの魔法を存分に試してください」

俺の考えを読んだガーネットはクスリと笑うと「仕方ないですね」と呟き、ふたたびダンジョン内を探索するのだった。

「『ファイアアロー』」

五本の火の矢が飛び、モンスターを直撃する。

ここ五層に現れる【リーフキャット】は全身に葉を纏った獣型モンスターだ。鋭い爪と、風を操り葉のカッターを飛ばして攻撃してくるのだが、一方で火に弱く、魔法を受けると葉が燃えてしまうという攻め口がある。

「今までより全然疲れないぞ」

連続で魔法を放ち、リーフキャットを蹴散らしていく。

魔法を連発すると、魔力不足で徐々に疲労が溜まってくる。魔力を消耗すると威力も落ち、魔法を使えなくなるので、マナポーションなどで回復する必要があるのだが、これまでと同じくらい魔法を使ってモンスターを倒しているのに、まだ余裕がある。

「いいなぁ、新しいスキル」

ガーネットが羨ましそうに俺を見ている。これまで、俺が彼女に同様の視線を送っていたのだが、ようやく同じ立場になれたようだ。

「まだ一段階目でこれだからな、最大まで上げたら魔法を使う際の魔力消費が十分の一くらいになるかもしれないぞ」

あくまで体感だが、魔法を唱えた時に消耗する魔力がこれまでの半分程になっている。

元々、魔力量に関しては他の魔道士や僧侶に比べて多い。

レベルアップの際に得られたSTも『魔力』や『精神力』に注いでいるし、様々な職業レベルを上げることができるので全体的な数値が底上げされているからだ。

魔法を使う際に消費する魔力が減るということは、保有魔力が増えているのと同じ意味になる。このスキルレベルが上がれば、俺は冒険者の中でも上から数えた方が早いくらいの魔力保有者になりそうだ。

「ガーネット、レベルが上がったからもう一つのスキルも取得する。ちょっと待っててくれ」

俺は彼女に待機するように言うと、たった今得たSPで『魔法威力向上』を取得した。

レベルが上がった際に得られるSTとSPは30と20、上位職業で得られるポイントに俺の『取得系』スキルの増加率が加わった状態だ。

「お待たせ、それじゃあ行くとするか」

マジックマスターのレベルアップによるステータス増加は『魔力』『精神力』『器用さ』が5で『敏捷度』が3、『運』が2となっている。

その分、レベル上げに必要な経験値もかなりのものなのだが、この職業とスキルが秘めている力はこれまでの職業とは比べ物にならない。

リーフキャットが現れた。

「『ファイアアロー』」

ツリートゥレントが現れた。

「『ロックシュート』」

フォレストウルフが現れた。

「『ウインドアロー』」

出現するモンスターに魔法を放ち、すべて一撃で倒していく。やはり先程までとは比べ物にならない魔法の威力だ。

「これじゃあ、ティムさん一人で何とかなっちゃうじゃないですか……」

俺が新スキルの効果に満足していると、ガーネットは頬を膨らませ不満そうにしている。

無理もない。『索敵』でモンスターの位置がわかるので先制攻撃を入れられるお蔭で、ガーネットの出番がなくなってしまったからだ。

これまではマナポーションの温存や、一撃で倒すための威力が足りずに控えていたが、初歩の魔法でも威力が十分なので連発することができるようになった。

「まあまあ、俺が強くなるのはいいことだろ？」

戦闘に余裕ができれば、より深い層に潜ることができるようになる。

「……そうなんですけど、せっかく最近は並び立てる自信がついてきたのに、また置いて行かれた気分です」

悲しそうな顔を見せる。彼女がとても努力をしていたのを知っていたが、まさかそんなことを考えていたとは……。

俺はへこんだ様子を見せるガーネットの頭を撫でてやる。

彼女は顔を上げるとじっと俺を見つめてきた。

「まあでも、俺に新しい職業が出たということは、ガーネットも条件を満たせば可能性はあるってことだろ」

何せ、この『ステータス』にはまだまだわからないことがある。職業だったりスキルだったり、ガーネットが強くなる方法も隠されているはずだ。

「そしたら、すぐ教えてくださいね！　私はティムさんとずっと並んで歩いて行きたいんですから」

まるで、ずっと俺と一緒にいるのが確定しているかのように、ガーネットは堂々と言い放った。

「ティムさん、顔が赤いですよ？」

無垢な瞳を向け首をかしげる。無意識の発言らしく、おそらく深い意味はないに違いない。

俺は彼女から視線を逸らすと、

「新しい職業が出てきたら、ちゃんと言うから」

俺と一緒の未来を希望してくれる彼女に感謝した。

「それより、またモンスターが現れたみたいだぞ」

結局、その場ではそれ以上何かを伝える気になれず、俺たちは狩りへと戻るのだった。

◇

「えっ？　指名依頼ですか？」

マジックマスターになってから一週間が経ち、俺とガーネットは植物系ダンジョンで順調に狩りをしていた。

職業のレベルアップ上昇値も補正値もスキル効果も高く、一気に成長している実感がある俺は、毎日夢中でモンスターを狩りまくった。

そんな中、晩餐時にウイングさんが依頼を持ち掛けてきたのだ。

「ああ、取引先から頼まれてな、信頼できる冒険者に心当たりがないか聞かれたのだよ」

「御父様、それはどういった内容なのでしょうか？」

同じく食事をしていたガーネットが質問をする。

「今度、付き合いのある商会の会長の娘が十歳になるんだが、神殿の洗礼を受けさせるつもりらしくてな、オリビア岬にある神殿まで向かうことになっているのだが、大切な一人娘ということもあって、しっかりした護衛を付けたいそうなんだよ」

基本的に、冒険者ギルドで護衛依頼を請けられるのはCランク以上と決まっている。これは、過去にDランク以下の冒険者が起こしたトラブルによるものが大きい。

護衛の依頼には、まずある程度の強さが必要になる。モンスターや盗賊に囲まれた際、依頼主を守り抜けることが前提になるからだ。

ところが、中にはモンスターや盗賊が出現した段階で逃亡したり寝返ったりと、高い金を払わせておきながら依頼を失敗する冒険者が多かった。次第に商人は冒険者への信頼を失い、自分たちで専属の護衛を雇うようになった。

流石にまずいと考えた冒険者ギルドが『護衛依頼を請けられるのは実績を積んだCランク以上』と条件を付けることで、失敗を減らすようにしたのだ。

「お前たちは最近Cランクに上がったのだろう？　ギルド側の依頼ノルマもあることだし、どうかと思ったのだが？」

「確かにそうですね、オリビア岬は王都から馬車で三日。街道も整備されているし、定期的にモンスターや盗賊の討伐も行われているので、比較的安全ですから。良い条件じゃないかと……」

俺は頷くと、この依頼のメリットを口にした。

商会の依頼は、依頼主が気難しいことが多く、ある意味で難易度が高いと聞いていたが、ウイングさん経由の指名依頼なら問題なさそうだ。

「俺は受けてもいいと思うけど、ガーネットはどうだ？」

「うーん、私としてはもう少し戦闘があると楽しいかなと思うのですけど……」

アゴに手を当て物騒な言葉を呟くガーネット。彼女の過激な発言にウイングさんは眉根を寄せる。

「……ティム君？」

「申し訳ありません」

かつて、ホーンラビットの命を奪って、泣きながら懺悔していた優しい少女の姿はそこになかった。

「どうされたのですか、御二人とも？」

実の娘を戦闘マニアにしてしまったことを謝っていると、ガーネットが首を傾げた。

「そうそう、今回の依頼、商会側の専属護衛も参加するから負担はそこまで大きくないはずなんだ。それどころか、野営での料理も振る舞われるらしいから、二人の将来の参考にオリビア岬を見ておくというのはどうだ？」

「なるほど!?」

ウイングさんの言葉に、ガーネットは「そういうことですか」とばかりに目を輝かせた。将来の参考にとはどういう意味なのか、謎かけに首を傾げる。

「流石は御父様ですね」

「だろう？」

サムズアップして見せるウイングさん。妙なやり取りだが、この父娘に関しては思考パターンを読み切れないので、これ以上考えるのはよしておく。

「ティムさん、この依頼受けましょう！」

いずれにせよ、ガーネットが乗り気になったのなら言うことはない。

こうして、俺たちは初の護衛依頼に参加することになった。

◇

──ゴトンッゴトンッ──

馬車が走る横を俺とガーネットは歩いている。

街道を走る馬車は全部で五台あり、俺たちが護衛に付いているのは会長の娘が乗っている中央の馬車だ。

他の馬車には荷物や従者が乗っているのに対し、この馬車はたった一人のためだけに動かしている。

王都を出発する前に挨拶をしたのだが、礼儀正しい可愛い娘で、両親に愛されて育ったことがわかる。

『……こちら側、異常ありません』

馬車を隔てているせいで直接会話をすることができないので『虹色の涙』を使ってガーネットが話し掛けてくる。

「ああ、こっちもいたって平和だ」

のどかな陽気の中、ただ歩いているというのは散歩しているのと変わらない。

ましてや、前後を商会専属の護衛の人間が固めているので、弱いモンスターは彼らが倒してしまっている。

『私も身体動かしたいです』

そんな彼らを羨ましそうに見つめるガーネット。戦いたくてうずうずしているのか、しきりに腰の剣に触れている。

万が一、彼女が堪え切れずに飛び出した時について、あらかじめ考えておいた方が良いかもしれない。

「多分、大物が出てこないと無理だと思うけどな……」

護衛たちの動きはわりとしっかりとしている。彼らが苦戦するようなレベルともなると、それなりの人数の盗賊か高ランクモンスターなのだが、この街道は日頃から討伐依頼でモンスターを間引いているので高ランクモンスターは出てこないし、盗賊も護衛がこれだけいる馬車を狙わない。

「『索敵』にも引っ掛からないし、今日一日戦闘はなさそうだな」

楽な依頼に思わず欠伸が出ると、俺は馬車に合わせて歩き続けるのだった。

街道沿いにあるベースキャンプ地にて、野営の準備をしている。

野営とはいえ、雇い主たちはそのまま馬車で寝泊まりするだけだ。料理の準備は商会側の人間がやってくれることになっているので、俺たちは護衛以外の時間は暇を持て余していた。

俺とガーネットはそこらに腰掛けながら、本日の仕事について話していた。

「やっぱり、ダンジョンの中と街の外だと見るべき部分が全然違いますね」

「ああ、素敵にしても、一度通った範囲にしか表示されないからな、ここから先は頼るわけにもいかない」

途中まではヴィアから来る時に通った街道だが、オリビア岬にはこの分岐で違う方向へと進むことになる。

「それにしても『虹の涙』はやはり使えるな」

要人の護衛となった時、接近してきた敵に対して一瞬の判断が明暗を分けることになりかねない。離れていても言葉一つで連携できる俺たちは、モンスターが現れるたび、随時立ち位置を調整していた。

「お蔭で、ただ歩いているだけでも楽しかったですよ」

ガーネットも満足げだ。

――クゥ……――

何やら可愛らしい音が聞こえてきた。ガーネットのお腹が鳴ったのだ。

「えと、これは……その………」

特に俺が何か言ったわけでもないのだが、彼女は顔を赤くしてあわあわと両手を振っていた。

無理もない、先程から美味しそうな匂いが漂ってきているから。

「ん、どうかしたか？　何ができるのか見ていて聞いてなかったんだが？」

流石に女性に恥をかかせるわけにもいかない、俺は料理を作るのに集中していたていで聞こえなかったふりをした。

「そ、そうですか……？」

疑わし気な視線を向けてくるが、ここで視線を合わせると嘘が見破られるので彼女の方を見ないようにする。

しばらく待っていると、どうやら料理が完成したようだ。

先程まで料理をしていた人物が近付いてきた。

「お待たせしました、食事の準備が整いましたのでこちらへお越しください」

料理をしていたのは俺たちとそう変わらぬ歳の少女だった。彼女に呼ばれ俺とガーネットは用意された席へと座る。

「これは美味しそうだな……」

並べられているのは貴族が食べるような洗練された料理とは違っている。道中襲ってきたホーンラビットの肉や、そこらに生えている食用植物などを調理したものだ。

「本当ですね、野外の料理というからそこまで期待はしていなかったんですけど、お店より美味しそうです」

ガーネットも素直な意見を述べる。

「いただきます」

スプーンで掬ってシチューを口に含む。

「美味しいです。野菜の味が滲み出ていて様々な調味料を使っているからか複雑な味わいになっています」

ガーネットは口元に手を当てると感想を言った。

野菜の甘味と肉の柔らかさ、香辛料による味付け。すべてが素晴らしく、文句のつけようがない。

「ありがとうございます。そう言っていただけると嬉しいです」

俺とガーネットが夢中でシチューを食べていると、料理を作った少女が礼を言ってきた。

「これ、ホーンラビットの肉ですよね？　こんなに美味しくなるなんて知らなかったですよ」

「ええ、肉を調合した調味液に付け込むと臭みが消えて柔らかくなるんです」

ガーネットの言葉に、彼女は料理の秘訣を教えてくれた。

「なるほど、そんな方法もあるんですね。私、この料理のファンになりました」

彼女は嬉しそうに、料理に使った技法をガーネットに説明し続ける。俺は目の前の少女がこのシチューにどれだけ工夫をしたのか聞いて感心していると……。

「おいっ！　フローネ！　もう料理がねえじゃねえかっ！」

先頭の馬車を護衛していた男が怒鳴っていた。

「も、申し訳ありませんっ！」

慌てて駆け寄って頭を下げる、フローネ。

「ったく、日中は馬車の中ですごして、ちょっと料理を作るだけなんだからよ。良い身分だな、おいっ！」

護衛の男たちはフローネを罵倒すると馬鹿にしたように笑った。

「あの人たち、最低です」

拳を強く握り、男たちを睨み付けるガーネット。

「おい、止めておけ」

「ティムさんは腹が立たないんですか？」

裏切られたとばかりに俺に視線を向けてきた。

「そうじゃないけど、彼女もあの護衛もここの商会に雇われてるんだろ。ここで注意したところで彼女の立場が悪くなるだけだ」

後々のことを考えるとやめておいた方がいい。俺たちがいなくなった後、嫌がらせを受けることになる。

「けっ、てめぇのまずい料理を食ってやってるのによぉ。これなら露店で買ったツマミの方がまだましってもんだ」

そう吐き捨て離れて行く。隅の方に向かったのでこっそり視線を送ると、懐から何やら取り出している。どうやら酒瓶のようだ。

言うまでもないが、護衛任務中の酒はいざという時に動けなくなるので御法度だ。

「あの人たち最低ですね……」

どうやらガーネットも彼らが何をしているのか気付いたようだ。

「私、戻ったら御父様にこのこと報告します。だから、めげないで頑張ってください」

俺とガーネットは後片付けをしているフローネに近付くと慰めた。

「ありがとうございます。でも、護衛の方はモンスターと戦うので仕方ないのです」

自分の方が立場が下だと、彼女は諦めたように悲しそうな笑みを浮かべる。

「御二人は冒険者さんなんですよね？」

「ああ」

「ええ、そうです」

フローネの質問に俺とガーネットは頷く。

「私とそう変わらない歳に見えるのに、冒険者として成功している。それは並外れた努力の結果なんでしょうね」

護衛を任されるのはCランク以上からなので、この歳で指名依頼を請けられる俺たちは確かに成功者だろう。だが、それは別に偉いことでもなんでもない。

「それに比べると、私は料理を作るだけ。あの人たちが言うことは間違っていませんから」

あまりにも自分を貶めようとするフローネの発言に我慢できなかった。

「そんなことないだろう？」

「えっ？」

「冒険者を続けるために俺もガーネットも確かに努力はしてきた。途中で周囲から諦めるように言われたけど、その言葉を必死に振り払って頑張ったんだ」

俺は半年前までFランク冒険者のスキルなし、ガーネットも適性にない僧侶をしていて才能を開花させることができず、冒険者の道を閉ざされそうになっていた。

そんな俺たちが出会い、今はこうしてパーティーを組むに至ったのは諦めずにいたからだ。

「やはりそうですよね、私なんか……」

俺たちの境遇を話すと、フローネは益々自分を卑下した。

「だけどフローネだって努力しているだろう？」

「えっ？」

顔を上げ、彼女はじっと俺を見つめてくる。

「野外でこれだけ美味しい料理を作れるんだ。日頃から料理や食べる人のことを考え、腕を磨いてきたことくらいわかるさ」

食べられる野草の知識に肉の捌き方。美味しく料理するための手順や調味料の組み合わせなどなど。まるで魔法かと思うような調和の取れた味わいは一朝一夕でできるようなものではない。

「それは……、でもっ！」

まだ自分の評価を渋るフローネに、俺が印象として受け取った彼女の魅力を伝えた。

「何かに打ち込むのに冒険も料理も関係ない。ここまでの料理を作れるんだ、少なくとも俺はフローネを尊敬している」

俺がそう言うと、彼女は俺を見て固まった。

「フローネ？」

目を大きく開いたかと思うと、瞳から大粒の涙が零れ落ちた。

「あり……がとう……ございます」

両手で顔を覆うフローネ。

「お、おい……何も泣くことないだろ？　ガーネット、どうにかできないか？」

　焦る俺は視線でガーネットに助けを求めるのだが……。

「ティムさんは本当に女性を泣かせるのが好きですね」

　人聞きの悪い評価に驚く。

「どうも、うちのティムさんがすみません」

　ガーネットは優しい目をすると、泣きじゃくるフローネの頭を撫でるのだった。


「ようやく到着ですね。戦えないので疲れました」

　王都を出発してから三日、ベースキャンプを除いて大きなトラブルもなくオリビア岬へと到着した。

　周囲を湖畔に囲まれたこの岬に立つ神殿は、湖の光を浴びて輝いており神秘的な雰囲気を漂わせている。

　本日から二日の間、依頼人の娘の洗礼の儀式が行われることになる。盗賊もモンスターもここにはいないので、俺たちは久々に自由行動をとることが可能になった。

「まさか、今から森に狩りに行こうとか言い出さないよな？」

　自由行動ということで、ガーネットは道中のストレスを発散するつもりらしい。俺は彼女の考えを先読みして牽制しておく。

「こんな綺麗な場所で狩りに行こうなんて言い出すはずないじゃないですか。ここは恋人同士や新婚さんが訪れる名所でもあるんですよ」

オリビア岬では、洗礼の儀式の他に結婚式もよく執り行われるらしい。

「とりあえず、せっかくここまで来たんだから、名所を回って見ましょう！」

ガーネットはそう言うと、俺の手を握り歩き出す。心なしか耳が赤い。

名所を巡る間、多くの恋人が身を寄せ合って仲睦まじくしている様子を目撃し、俺は非常に気まずい思いをさせられた。

「はぁ、やっぱりいいですよね」

ベンチで休憩していると、隣では頬に手を当てたガーネットが、うっとりとした表情を浮かべている。

途中、ところどころに建っていた教会でも結婚式が行われ、幸せそうな新郎新婦の姿を見ることができた。

「私もあんな風に祝福される結婚式を挙げたいです」

ガーネットはそう言うとチラリと俺を見た。

「まあ、ウイングさんが認めるかどうかだろうな」

彼はあれで随分と娘を溺愛している。生半可な男が現れたところで、認められるのは難しいのではないか？

ガーネットもその事実に思い至ったのか、虚ろな瞳で俺を見ていた。流石に冒険者を続ける時とは違い、こればかりは口出しすることもできない。

「まあでも、私たちはこれからだし、私負けませんから！」

彼女は両手をぐっと握り締めると、新たな決意をみなぎらせるのだった。

「ソウデスネー」

二章

「もっと高難易度ダンジョンに挑むわけにはいかないでしょうか？」

　パセラ伯爵邸の食堂にて、ガーネットの発言に俺たちは食事の手を止めた。

「それはどういうことだ、娘よ」

「言葉の通りの意味です、御父様」

　ウイングさんの問いにガーネットはきっぱりと答える。

「別に今のまま冒険者活動をしていても、稼ぎは足りているのでしょう？」

「ええ、御母様。稼ぎは足りていますね」

　エミリアさんの問いに、ガーネットは含みを持たせ答えた。彼女はキッと俺たちを見ると、不満を爆発させる。

「確かに最近、私もティムさんも安定してダンジョン探索ができています。ティムさんのユニークスキルのお蔭で、効率よく強くなり、ドロップアイテムも手に入るので収入は他の冒険者より圧倒的に多いです」

「まあ、手に入れた資源アイテムとか、ウイングさん経由で売ってもらっているのもでかいよな」

彼女の言う通り、現在の俺たちは非常に良い立場で冒険者をしていることになる。

「それの何がいけないんだ？」

順調に行っていると思っていた冒険者稼業なのに、ガーネットは気に入らないという。一体、何が彼女をこうまで駆り立てているのだろうか？

「最近、私のレベルが上がっていません。今のダンジョンでは物足りなくなってきているのだと思います」

確かに、ガーネットの言う通り、この一週間、彼女のレベルはピクリとも上昇していない。

これは『剣聖』という上位職業に求められている経験値が多いというのもあるが、潜っているダンジョンに湧くモンスターが適正レベルを下回っているということもある。

今までは数で補っていたのだが、それでもレベルを上げるには段々時間が掛かるようになり、ついには一週間程度では上がらなくなってしまった。

普通ならば、自分が成長している指標のようなものを知る方法がないのだが、なまじ『ステータス』が見えるため、ガーネットは自身が成長していないことにストレスを感じている。

「私が目指した冒険は、こんな安定したものじゃないんです。ドキドキハラハラするような強敵と戦って、パーティーメンバーと苦難を乗り越えて。そしてその末に………」

熱く語ったかと思えば、頬に手を当て恥ずかしそうにしながら身体をくねくねと動かす。

「おほん！　ガーネット戻ってらっしゃい」

エミリアさんが咳払いをすると、ガーネットはハッとして動きを止めた。

「なるほど、確かにそうかもな」

ガーネットの言葉に俺の胸も熱くなってくる。考えてみれば、俺の中にも未知へと挑みたいという炎が宿っている。安定も大事だが、今までできなかったことができるようになったり、誰も知らない景色を見たり、もっと冒険をしたいと考えた。

「とにかく、今のままじゃ嫌なんです！」

ガーネットは俺たち三人を順番に見回すと、そう主張した。

「確かに、最近俺たちは冒険というものをしてこなかったかもしれない」

アゴに手を当て、これまでの活動を振り返ってみる。

ウイングさんと提携して、彼に店で売りたいと考えるレアアイテムを教えてもらい、そのアイテムをドロップするダンジョンに潜り、狩りをしてきた。直接貴族が運営する商店に卸せるというのは大きなメリットで、先日知り合いになった商会の会長さんも含め、多くの利益を上げている。

ダンジョンに挑戦する気持ちがないわけではないのだが、格下相手に狩りをしている現状に、ガーネットが不満を訴えるのは仕方ないことなのかもしれない。

「だけど、実際に今より深い層に潜ることができないというのもあるだろ？」

「……そうですけど」

俺はガーネットにダンジョン探索の条件を思い出させた。

「どういうことかな、ティム君？」

ガーネットと話していると、ウイングさんが疑問を投げかけてきた。俺は彼の方を向くと冒険者ギルド規約の説明をする。

「冒険者ギルドの規約にあるんです。ダンジョンの五層にいるボスに挑むには四人以上のパーティーを組む必要がある。と」

それと、五層より深い場所を探索するのにも四人以上が必要だ。

これは、不相応な実力しかない冒険者が深層に潜って戻らなくなるのを防ぐための措置だ。

各ダンジョンに出現するモンスターは五層を境に急激に強くなる。

五層で安定して狩りができるパーティーも、いざ六層に下りたら半壊したなどの話は枚挙にいとまがない。

「さらに言うと、不正をさせない前提があるので、五層のボスに挑めるのは同ランクの冒険者のみとなっているんですよ」

これは自分たちよりも高ランクの冒険者に依頼をして、代わりにボスを倒してもらうことで、ボス部屋を突破するという手段を用いる者が後を絶たなかったからだ。

「なるほど、冒険者ギルドの規約も段々と厳しく……いや、若者を犠牲にさせないために考えられてきてるんだな」

「規約が厳しくなるのは事故を起こす人間がいるからです。昔はそのような規則などなく、何人でもランクも関係なしにダンジョンに挑んでましたもの」

エミリアさんが昔のダンジョン事情を話してくれた。

「でも、私とティムさんなら絶対いけると思うんですよ！」

散々説明されたにもかかわらず、ガーネットはまだ納得しない。

「そういう過信が命取りだというのだ、ガーネット」

ウイングさんは険しい顔をするとガーネットを窘めた。

「そうだぞ、ガーネット。俺はウイングさんやエミリアさんに君を無事に帰すと約束している。いけるかもしれない程度の考えで、ましてや規定より少ない人数でボスに挑むというのはありえない」

大切なお嬢さんを預かっているからこそ、慎重に立ち回っているのだ。

俺たちは交互に彼女を説得しようとするのだが……。

「わかりました、もういいですっ！」

彼女は頬を膨らませると出て行ってしまった。

「わがままな娘ですまないな」

ウイングさんが申し訳なさそうに言った。

「いえ、彼女の強い気持ちに何度も助けられてますから」

実際、今までガーネットの行動力に引っ張られダンジョン探索をしてきた。

「まったく、あの頑固さは誰に似たのやら」

背もたれに深く腰を預け、溜息を吐くウイングさん。測らずとも俺とエミリアさんの視線が一致した。

「ん、なんだ?」

こちらに気付き、ふと反応した彼を見て、俺もエミリアさんも「あなたに似たんでしょう」と言葉にすることはなかった。


「それで、何か考えでもあるのか?」

翌日になり、いつものように冒険者ギルドに足を向けるガーネットに俺は話し掛けた。

「勿論です。王都にはたくさんの冒険者がいますから、その中のCランクの人たちに声を掛けようと思っています」

彼女は勝算ありとばかりに不敵に笑ってみせる。どうやら一晩考えた末、他の冒険者を勧誘して五層を突破する作戦を立てたようだ。

中に入ると、ギルド内は冒険者でいっぱいだった。

「これだけいれば、誰かしら応えてくれると思うんですよ」

彼女は、早速パーティーに入ってくれそうな冒険者を探し、キョロキョロと首を動かす。

「一緒にボスに挑んでくれる人を探してきますので、ティムさんはそこで待っていてください」

そう言うとダッシュでいなくなる。一瞬オーラが見えたので、身体能力を引き上げてまで急ぐらしい。

「上手く行くわけないんだけどなぁ」

確かに中にはCランク冒険者もいるだろうが、そこまでのランクに上がるにはそれなりの経験が必要になる。当然パーティーを組んでいるはずなので、俺やガーネットが入り込む隙間はない。

「すみません、ケーキセットをお願いします」

俺は、ギルド内に併設された食堂で軽く何か食べることにした。早々にガーネットが戻ってくると考えたので、寛いで待つことにする。

他の連中が依頼争奪などでせわしなくしている中、朝からケーキを食べようとしている俺は目立つらしく……。

「ティム……君？」

「朝っぱらからこんなところで良い身分ね？」

知り合いに声を掛けられた。

「マロン……それに、グロリアも。どうしてここに？」

ヴィアで同期の冒険者でもある二人が、なぜか王都の冒険者ギルドにいた。

「私たちは、王都まで商隊を護衛してきたのよ」

席に着くと、自分で注文したケーキを手元に引き寄せたマロンが、自分たちがここにいる理由を説明する。

「王都に向かう商隊の依頼を請けたのか？」

記憶している限り、あまり良い稼ぎにならないはず。俺が不思議に思っていると、

「わ、私たちCランク維持のために護衛依頼請けなきゃいけなかったから」

グロリアが俺に詰め寄り、事情を告げてくる。

「なるほど、そういうことか……」

Cランク冒険者になると、三ヶ月に一度は街の外での依頼を請ける義務が発生する。彼女たちはノルマをこなすために王都にきたらしい。

「それより、あんたは一体いつになったら戻ってくるつもりなのよ？」

マロンはケーキを食べたフォークを俺に突き付け聞いてくる。面倒くさそうな顔をしていて、俺は何かしたのだろうかと首を傾げた。

「それが、わりと色んな仕事を頼まれていて、なかなか戻る機会がないんだ」

ウイングさんの商会で取り扱うアイテムだったり、先日の件で繋がりができた商会からも指名依頼をもらうことがある。

ガーネットも実家に帰ってからのびのびと冒険をしているので、なかなかヴィアに帰ると言い出すタイミングがなかった。

「ってことらしいわよ、リア」

俺の答えをなぜかグロリアへと振る。

「あっ、ここのケーキ美味しいね、ティム君」

ところが、話を振られたグロリアは聞いていなかったらしく、夢中になってケーキを食べている。

「ああ、女性冒険者が依頼の後で注文するからな。良い材料を使ってるみたいだぞ」

何せ、資源は植物系ダンジョンでドロップするシロップだったり、獣系ダンジョンでドロップするミルクやエッグだったりと新鮮なものが卸値で手に入る。ヴィアで同じ味の物を食べようとすると倍はしたと思う。

しばらくして、グロリアはケーキを食べ終え、お茶を飲むと言った。

「テ、ティム君……約束……覚えてるよね？」

唇の横にケーキの食べ残しが付いている。

「あ、ああ……勿論だけど……」

レッサードラゴン討伐の前夜、彼女から「依頼が終わったらデートして欲しい」と言われていた。俺はそれを思い出すと顔が熱くなるのを感じた。

「私は怒ってるんだよ？　何も言わずに王都に行っちゃうし、全然帰ってこないんだもん」

グロリアは頬を膨らませながら、上目遣いに俺を睨んでくる。

「ご、ごめん。やむにやまぬ事情があったというか、帰れない状況が続いたというか……」

ガーネットの件は他人に話してよいことではないので言い訳ができない。

「勿論、覚えてはいたんだけど……その……」

こうして蒸し返してきたということは、あの場限りの冗談ではないのだろう。それがわかるからこそ、ここで迂闊な言葉を言うことはできない。

「ふぅーーーん、約束、ねぇ」

案の定、マロンが話題に食い付いてきた。彼女は楽しそうなことがあるとこうして首を突っ込んでくる。

「私はずっとリアと行動していたはずなんだけど、いつ約束したのかしら？　どんな約束なのかなぁ？　リア教えてくれない？」

「そ、それは……その……ごにょごにょ」

マロンにからかわれて、グロリアも誤魔化す。こういう時の彼女はまったくあてにならず、自ら招いた事態だというのに視線で俺に助けを求めた。

とりあえず、適当に誤魔化すかと考えていると――

「はぁ、駄目でしたよ、ティムさん。皆パーティーを組んでいるから、私たちが入り込む隙間がありません。どこかに都合よくCランク冒険者のペアがいませんかね……」

　肩を落としたガーネットが戻ってきた。彼女は顔を上げ俺を見ると、正面に座っているグロリアとマロンと目を合わせる。

「ティム、この娘は？」

「ティム君、どういうこと？」

　マロンの好奇の視線と、グロリアの陰りができた視線を受ける。

「ティムさんがナンパした？」

　そして、ガーネットの的外れな発言が俺の耳をかすめた。

「あー、こちら、俺と同期で冒険者になった、グロリアとマロン。護衛依頼で王都までできたらしくてな、偶然再会したから話していたんだよ」

「マロンよ。後衛アタッカーで魔法が使えるわ」

「グロリアです。支援魔法が得意で、研修時代からよくティム君の怪我を癒してあげていました」

　俺が紹介すると、二人はガーネットに挨拶をした。

「それで、こっちがガーネット。今俺が世話になっている家の娘で、一緒にパーティーを組んでいる」

あまり深いプロフィールの公開は避けるべきと判断したので、彼女が貴族だということは伏せておく。

「初めまして、マロン先輩。グロリア先輩。私はティムさんと一緒に住んでいて、一緒に冒険をしているガーネットです。『剣聖』という職業に就き、前衛アタッカー・ディフェンス両方担当して、ティムさんをあらゆる魔の手から守っています」

ガーネットは自己紹介をすると俺に身体を寄せてくる。まるで近くに敵がいて俺を守ろうとしているかのようだ。街中にモンスターは出ないのだけどな……。

「むっ……」

グロリアの不満そうな声が漏れた。正面に座るガーネットに鋭い視線を向けている。

ガーネットの方も、グロリアの視線を受け止めると睨み返した、気のせいか二人の間に火花が散っているように見える。

俺はなぜか冷や汗が吹き出し、この場から逃げ出したい衝動に襲われた。

「ガーネットとか言ったかしら、一つ聞いてもいい？」

マロンが話し掛けると二人の間に散っていた火花が止んだ気がした。

「あっ、はい。何でしょうか？　マロン先輩」

笑みを浮かべ、マロンの方を向く。

「『剣聖』って何？　もしかして……痛い娘？」

頬杖をつき、マロンはせせら笑いを浮かべた。

「ち、違いますよぅ！」

可哀想な者を見るようなマロンの視線に、ガーネットは顔を真っ赤にして反論する。

マロンがそう判断したのも無理はない。何せ『剣聖』や『勇者』などの単語は小説にしか出てこないからだ。

俺の『ステータス操作』による、ステータス画面の説明と仕組みを知らない人間にしてみれば、ごっこ遊びをしている痛い娘と思われても仕方ない。

「ううう、ティムさん」

失言で痛い娘扱いされ、それでも俺のユニークスキルについて説明するわけにもいかないか、涙目で訴えかけてくるガーネット。これはフォローしておいた方がよさそうだ。

「いや、別にガーネットは痛い娘ではないぞ。

迂闊に口にしたのはガーネットの落ち度だが、仲間を庇うためには当然の行動だろう。

「ふぅん、それってティムが『覚醒者』なのと関係ある？」

マロンはどんどんと突っ込んでくる。以前のレッサードラゴン討伐の時点であたりをつけていたのだろう。質問の仕方からしてなかったことにするつもりはないようだ。

「……これ以上ここでは話せないぞ」

俺はマロンに顔を寄せると小声で話す。

何せここは冒険者ギルド内。今までの発言ならギリギリセーフだが、俺の秘密を教えるには不適切な場所だ。

「そう、なら誰もいない静かな場所で二人っきりで話を聞かせてもらえる？」

マロンはそう言うと、俺の頬を指でなぞり、妖しく笑う。

「「なっ⁉」」

誘うようなマロンの態度にグロリアとガーネットが反応する。先程までいがみ合っていたのに、今度は二人揃って口をパクパクさせている。

「なななな、何をいきなり言うの！　マロン！」

「そ、そうですっ！　淑女としてはしたないです！」

「んん～？　あんたたち何を想像したの？　私は単にティムの秘密を聞き出すため、ダンジョンに誘っただけなんだけど？」

マロンは口元に手を当てると、二人に質問をする。グロリアもガーネットも、押し黙ると顔を真っ赤にして目を逸らしてしまう。

「その辺にしておけって……」

この二人ではマロンに勝てないので止めておく。このまま放置したら二人揃って余計なことを言いかねないというのもあったからだ。

「ま、いいけどね。それより、さっきその娘が面白いこと言ってたわよね？」

ふたたびターゲットにされたと思ったのか、ガーネットが目を丸くする。

「へっ？」

「『どこかに都合よくCランク冒険者のペアいませんかね』って」

「マロン、それはっ……」

絶妙なタイミングでガーネットの発言を蒸し返された。ガーネットは俺たちが冒険者ギルドに来た理由を告げる。

「ええ、実は私たちと一緒に五層のボスに挑んでくれる人を探していたんですよ」

もう少し五層で慣れておくべきと考えていたのだが、こうなると流れは止められない。俺はマロンが次に言う言葉の想像がついた。

「ふぅーん、そういうことなんだ。偶然にも私たちもその条件に当てはまるのよね」

案の定、マロンは自分たちの冒険者ランクと条件に当てはまることをガーネットに教えてしまった。

「本当ですか⁉　是非私たちの仲間になってください！」

マロンは満面の笑みを俺に向けると、この場を完全に支配するのだった。

◇

「なるほど、それがティムの強さの秘密だったわけね」

人が完全に来ない個室で、俺はマロンとグロリアに自分のユニークスキルの説明を行った。

「これまで諦めずに冒険を続けてきたティム君の努力が実ったんだよね。私も嬉しいよ」

マロンは深く考えこみ、グロリアは目を輝かせると、俺の両手を握ってきた。

「ちょ、ちょっと⁉　どさくさ紛れにティムさんの手を握らないでください！」

ガーネットがグロリアに食って掛かる、もしかしてこの二人、相性が悪いのではないだろうか？

そんなことを考えながら、二人が言い争うのを見ていると、

「聞いておいてなんだけど、それ、私たちに教えて良かったの？」

マロンは腕を組むと疑問を口にした。

「まあ、秘密の情報なんだけどな、グロリアは、俺がFランクで苦労していたころに、何度も治癒魔法で怪我を治してくれたし、マロンだっていつも普通に接してくれたから信用している」

他の冒険者から後ろ指を差される中、研修時代と変わらない態度で接してくれた彼女たちに感謝している。

「別に、そのくらい大したことじゃないわよ……」

マロンはそう言うと、頬を掻いた。俺はひとまず説明を続ける。

「『筋力』や『魔力』などの数値を上げること、スキルを取得するのもステータス操作をすればできる。他にも『職業』というものがあって、ガーネットは『剣聖』という前衛で戦う適性が高い職業なんだよ」

先程、彼女が口走った内容が酔狂ではないと伝える。

「私は、冒険者になってからずっと後衛で治癒魔法を使っていましたが、いつまでも成長することができずパーティーを追放されたんです。ティムさんはそんな私を拾ってくれ、適性を見抜き、さらに冒険者を続けることに反対する両親も説得してくれたんです」

ガーネットは嬉しそうに、これまでのことを語った。

「わかる。ティム君は弱い人の心に寄り添ってくれるから」

両手を前で組み、なぜかガーネットに同意するグロリア。彼女の言っていることに心当たりがないのだが……。

「皆に優しいので、時々もやもやするんですけどね……」

「あー、本当にそうだよね」

何やら、グロリアとガーネットが意気投合し、複雑な顔をして俺を見た。

「それより、本当に俺たちと組んで五層のボスを倒すつもりか？」

ひとまず、追求することをやめた俺は、マロンの真意を確かめることにした。

「ええ、そっちが良ければだけどね」

彼女はあっさりと返事をする。その答えが意外だったのだが、マロンは俺の思考を読み取ると、補足説明をする。

「元々、私とリアがペアで冒険をしていたのだって、下心満載な男どもと組むのが無理だったからだし、五層に挑めなかったのも組む相手がいなかったからよ。興味がないわけじゃない」

「わ、私だって……ティム君とパーティー組みたかった！」

グロリアも、マロンに重ねるように、そう言った。俺は少し考える。ガーネットは先程の反応を見る限り反対しないだろうが、俺としては女性に囲まれることになるので悩んでしまう。

「ティム君は、私たちとパーティー組むのは……嫌？」

グロリアが不安そうな表情で俺を見つめてきた。彼女には良くしてもらったし嫌というわけでもない。

「嫌じゃない。こちらからも頼む、パーティーを組んでくれ」

俺は改めて彼女たちに頭を下げ、パーティーに誘った。


「これから、誰にも見せたことのない私の秘密をティムに見られるんだ？」

マロンは意味ありげなことを呟くと、身体を抱き俺に赤い瞳を向けてきた。

「言い方に気を付けてくれ……」

いかがわしい雰囲気を漂わせるマロンに、俺は注意する。

「私は既に全部見られて、ティムさんに人生を変えてもらってますけどね」

ガーネットがなぜか対抗すると、両手を腰に当て誇らしげに振る舞う。

「むぅ、ティム君。早く私のも見てよ」

グロリアは不満そうな声を出すと、俺の手を握ってくる。

三人に迫られた俺は、早速、溜息が出た。

先程、グロリアやマロンとパーティーを組んで、五層のボスに挑むことが決定した。

言うまでもないが、この中の誰一人として五層のボスに挑んだ者はいない。

俺たちの強さなら問題ないと思っているが、万が一を考えて二人の力を底上げしておきたい。

そんなわけで、ステータスを弄る許可をもらったのだ。

「それで、どっちから始める？」

俺はこれ以上三人のペースに巻き込まれないように話を戻す。

「じゃあ、まずは私からお願い」

マロンが挙手をするとワクワクした表情をみせる。未知への好奇心もあるのだろうが、自分の力が向上するのが嬉しいのだろう。

「まずは俺に見えている『ステータス画面』を紙に写すから。その後に説明とステータス振り分けとスキル取得の相談だな」

手順を説明しながら、俺は目の前に浮かぶマロンのステータスを書き写す。

名前：マロン　年齢：16　職業：魔道士レベル35
筋力：22　敏捷度：50　体力：35
魔力：180+70　精神力：139+35　器用さ：129+35　運：121
ステータスポイント（ST）：170
スキルポイント（SP）：68
スキル：『杖術3』『ファイアアロー5』『アイスアロー5』『ウインドアロー5』『ロックシュート4』『瞑想5』『ヒーリング1』『ウォール5』『バースト4』『魔力集中4』

「これが私の強さを数値化したものなのね」

マロンは紙を見ると唸りながら考え始めた。

「各項目はSTで上げられて、スキルはSPで取得でき、スキルレベルも上げることができるから」

そう説明をしている間にグロリアのステータスも書き写した。

「そう言えば、マロンはヒーリングが使えるんだな？」

魔道士なのに治癒魔法が使える点に俺は突っ込んだ。

「あー、それはね。リアの治療をずっと見続けていたからよ。魔力の流れを見て『大体こんな感じかな?』って試したらできたわ」

見ているだけでスキルを覚えるとか、天才なのだろうか?

俺が口を開け驚いていると、マロンは微笑み、謎を明かしてくれた。

「そもそも、私たちって簡単なスキルは先輩冒険者から教わるじゃない? 二週間で習得できる程度の難易度だし、一年半もずっと見てれば覚えることもあるわよ」

「一年間、何のスキルも取得できなかった俺もいるんだけどな」

「家庭教師にみっちり教わって半年掛かりましたけど……」

俺とガーネットの哀愁漂う雰囲気にマロンは押し黙った。

「ま、まあ、そういう人もいるけど、その代わりにユニークスキルや上位職業が手に入ったわけじゃない?」

「まあ、そうだな」

慰めるわけでもないだろうが、マロンはそうフォローをしてきた。

「それに、違うスキルを使い続けると、どちらも中途半端にしかならないって冒険者の間で有名な話よ」

俺とガーネットは心の中で「教えてくれる仲間がいなかったし」と考えたが、これ以上憐れまれたくないので黙っていた。

「ティムの調べた法則だと、スキルには熟練度があるのよね? 使えば使う程レベルが上がるけど、他の職業のスキルも並行しようとすると、どちらも上げるまでに時間が掛かる。中途半端というのはスキルレベルを上げきれない状態のことを言ってるんでしょうね」

マロンは指を立てると、そう結論付けた。

「そう考えたら、やっぱりあんたの『ステータス操作』は反則よね。欲しいスキルが一瞬で手に入るんだもん」

マロンはアゴに手を当て、真剣な顔で俺のスキルを評価する。

「これ、私が好きなように考えて、スキルレベル上げていいのよね？」

俺が把握している限りのルールを確認すると、マロンは念押しするように聞いてきた。

「ああ、何を上げたい？」

俺はマロンがどの項目を上げたいのか興味を持つ。

「まずは、体力ね」

「体力？　魔法の威力を上げるなら魔力とか精神力がいいんじゃないのか？」

意外とも思える答えに俺は思わず聞き返した。

「ＳＴでの振り分けって１００を超えると必要な数値が増えるんでしょう？　魔法の威力なら今まで請けてきた依頼でも不自由なかったし、その前に体力よ。ダンジョンを動き回るのって大変なんだからね」

真に迫った言葉だ、マロンは俺に顔を近付けるとそう告げる。

「そうだよね、これまでは無理しないように休みを多めにしていたけど、体力を増やせるなら活動時間も長くできるし」

マロンの主張にグロリアも首を縦に振る。魔法職は体力が低いので遠出の際によく息切れをするらしいが、長所ではなく短所を補うというのは面白い発想だ。

「わかった、マロンの好きなようにやってみてくれ」

間違った方向に進むわけでもないし、彼女なりの考えがあるのなら無理にこちらの考えを押し付けるべきではない。

「……少し時間ちょうだい」

そう言ってマロンはペンを額に当てると悩み始める。

「ティム君、この『スキル』と『上級スキル』の違いについて聞きたいんだけど」

「ああ、そこは便宜的に分けているだけでSPの消費が小さい方を『スキル』、高レベルになってから覚えられるスキルを『上位スキル』にしてるんだ」

グロリアから質問され説明をする。ガーネットは既にやることがないからかお茶を飲みながら寛いでいる。彼女は『剣聖』を伸ばすしかないので暇を持て余しているのだ。

「これで決定、頼んだわよ、ティム」

しばらくして、マロンが紙を俺に渡してくる。

「一応無駄なく振り分けたつもり」

彼女のことだから今後を視野にいれて振っているのだろう。俺はその言葉を信じ、言われた通りにステータスとスキルを振り分けていく。

「これで、私も『ヒーリング』が完全に使えるのよね」

「グロリアがいるんだから必要ないんじゃ？」

彼女の言葉を受けて、疑問を口にする。

「必要なSPも低いし、これ使えれば、万が一リアとはぐれた時も安心でしょ？」

どうやら最悪の事態に備えているらしい。

「さて、間違いないよな？」

俺はマロンの指示通りにステータスとスキルを弄れているか確認していると……。

「あれっ？」

「まさか、振り間違えたとかじゃないでしょうね⁉」

思わず声が出てしまい、マロンが目を吊り上げて俺を見る。

「いや、ちょっと待ってくれ」

俺は鼻同士が触れ合う距離まで近付いてきたマロンを押しとどめると、ステータス画面のある部分に注目する。

先程までなかった表示が増えており、俺は緊張しながらそれに触れた。

『選択可能職業』……『魔道士レベル35』『僧侶レベル1』

これまで、できなかった職業が選べるようになっている。俺がその説明をすると……。

「本当に今現れたの？　最初からじゃなくて？」

マロンは疑り深く確認してくる。

「間違えようがない。元々過去にパーティーを組んだ時だって出てなかったんだし」

それでなくても他人のステータス画面なんて滅多に見られるものじゃない。見すごすはずがないのだ。

「それって、マロン先輩も『僧侶』になれるってことですよね？」

先程まで暇そうにしていたガーネットが会話に参加してきた。

「ティムさん、一体どうして急に職業が出たんですか？」

必死な様子で俺の肩を掴んでくるガーネット。新職業取得というニュースは、それだけ衝撃的だったようだ。

「俺の方が知りたい」

こんなことが起きるとは完全に予想外だ。俺とガーネットが顔を見合わせながら原因を考えていると……。

「ステータスの数値が必要だったか、その職業のスキルを最大レベルまで取得したからじゃない？」

マロンは人差し指を立てると自分の仮説を披露する。

「確かに辻褄は合う」

彼女の言うように、その可能性は高い。

「ひとまず、私の職業を『僧侶』に変えてみてくれない？」

俺はマロンの職業を変更する。

「……ん。さっきまでステータスを振り分けている時と、今も身体が急激に作り変えられたような感覚があったわ」

職業を変更したことによる補正値の変化をマロンは敏感に感じ取ったようだ。

「確かに切り替えることができた。今のマロンは『僧侶レベル1』になっているぞ」

「これで簡単にレベルが上がれば、その分STとSPも手に入るのよね？　随分と強くなれるかも……」

マロンは目を輝かせた。

「ひとまず実験もしたいからこのまま行きましょう。次はリアの番よ」

名前：マロン　年齢：16　職業：僧侶レベル1
筋力：50　敏捷度：50　体力：１００

魔力：200+1　精神力：157+2　器用さ：129+1　運：121
ステータスポイント（ST）：1
スキルポイント（SP）：0
スキル：『杖術3』『ファイアアロー5』『アイスアロー5』『ウインドアロー5』『ロックシュート4』『瞑想5』『ヒーリング5』『ウォール5』『バースト5』『魔力集中5』

俺はマロンのステータスを確認するとグロリアの方を見た。

「私はこれでお願いします」

グロリアから紙を受け取る。

「SPは余らせるんだな？」

彼女はステータスこそ振り分けたものの、スキルは『ハイヒーリング』を最大に上げるだけに留めていた。

「うん、他のスキルは使用頻度もそこまで高くないし、話を聞く限り使っていれば自然と上がりそうだから。回復役としては、治癒魔法さえ充実してればいいかなと」

グロリアも先程のマロンと同じで色々考えているらしい。

「ティムさん、新しい職業は出なかったんですか？」

ガーネットに言われ、改めてグロリアのステータス画面を見るが変化はない。

「いや、まったく出てないぞ」

「ということは、スキルレベルが関係しているのかもね」

マロンと違い、グロリアは他の職業のスキルを習得していないので、これ以上は検証できなかった。

俺はグロリアのステータスも希望通りになっているか確認する。

名前：グロリア　年齢：16　職業：僧侶レベル35
筋力：30　敏捷度：45　体力：100
魔力：170+35　精神力：200+70　器用さ：142+35　運：171
ステータスポイント（ST）：1
スキルポイント（SP）：20
スキル：『棍術4』『ヒーリング5』『キュア4』『ハイヒーリング5』『スピードアップ5』『スタミナアップ5』『瞑想3』

「ううう、こんなことならSPを残しておくんでした……」

ガーネットは悔しそうにそう呟く。

名前：ガーネット　年齢：15　職業：剣聖レベル26
筋力：305＋130　敏捷度：305＋130　体力：260＋130
魔力：3　精神力：5　器用さ：133＋52　運：73＋26
ステータスポイント（ST）：0
スキルポイント（SP）：0
スキル：『アイスアロー1』『ヒーリング1』『オーラ5』『オーラブレード4』

俺はガーネットのステータスを見て、現時点で十分強い彼女が転職によってさらに飛躍する未来を想像すると、武者震いがするのだった。


「今日からしばらくの間、一緒にダンジョンに潜ることになるけど、よろしくな」

マロンとグロリアのステータスを弄った翌日の早朝、俺たちは人気のない冒険者ギルド前に集合していた。

「ええ、こっちこそよろしく」

マロンが返事をする。普段通りの冒険者の格好をしているが、着崩れなく目もバッチリ開いている。

「……眠い」

一方、グロリアは眠そうに薄目を開けて目を擦っている。着ているローブがずれており、頭が下がっていた。

「もしかして、グロリアって朝弱いのか？」

「そうでもないけど……」

マロンは意味ありげな目で俺を見ると、

「昨晩は興奮して、あまり眠れなかったみたいだから」

意味深な笑みを浮かべる。

頭をふらふらと動かすグロリア。これでダンジョンに潜って平気なのだろうか？

「まあ、気持ちはわからないでもない、俺だってスキルを覚えたてのころは、サロメさんに止められるまで毎日ずっとダンジョンに潜っていた」

覚えたてのスキルを早く試したい、上がったステータスの効果を早く実感したい。そう考えるのは当然だ。

「それで、そっちのガーネットはどうして寝ているのかしら？」

マロンの指摘で、先程から肩に感じている重みの原因を俺は見た。

「スースー」

装備こそきっちり身に着け髪も整えているが、ガーネットは俺に寄り掛かって眠っていた。

「実は、俺たちは早朝からの冒険をしたことがないんだ。ガーネットが朝に弱いというのが主な理由だ」

朝はゆっくりと朝食を済ませ、ギルドへは客足が遠のいた昼前に顔を出し、めぼしい採取依頼を請けダンジョンに潜る。夕方には切り上げて、夜は風呂に入ってゆっくりと眠る。

ガーネットは健康優良児の代表のような生活を送っている。

「てことは、ダンジョンで一番美味しい時間帯の深夜から早朝をやったことないんだ？」

「ああ、以前に夜を明かしたことはあるけど、それも一回だけだしな」

ウイングさんから与えられた、ガーネットが冒険者を続けるための試験『虹色の涙』の入手の際、時間が足りずにダンジョンに籠ったのだが、ガーネットが体調を崩してしまったので初日で終わった。

あの日以来、俺は彼女の体調管理に気を付けるようにしているので、早朝のダンジョンなど、本人が望まない場合は避けるようにしていた。

「あんたたち、必死にダンジョンで生計を立てている冒険者に謝りなさい」

マロンは目を吊り上げると俺たちに説教をした。

「いや、効率がいいのは知ってるんだけどな……」

ダンジョンは冒険者を誘うため、モンスターや【トレジャーボックス】を出現させる。モンスターは通常のモンスターの他にたまにしか出現しないレアモンスターが存在する。

【トレジャーボックス】はランダムでダンジョン内に出現する宝箱で、中には複数のアイテムが収められており、高値で売れる魔導具なども存在しているので、狙っている冒険者が多い。冒険者の間で【トレジャーボックス】の出現頻度が高いのは夜中から早朝にかけてという推測がされているので、勤勉な冒険者程、早朝から活動を開始しているのだ。

「まぁ、貴族や商会の人間とのコネがあるならそこまでがっつく必要もないんだろうけどさ……」

マロンは溜息を吐くと羨ましそうな目で見てくる。

ガーネットは伯爵家の娘だし、その伝手で商会に直接アイテムを収めていることも言ってある。他の冒険者に比べて恵まれているのは確かなので、そこは申し訳なく思った。

「でも、前から興味はあったんだ。今回誘ってくれたのは嬉しかったよ」

早起きして苦労の末にゲットするレアアイテムというのも冒険心をくすぐるのだ。

「まあいいわ、とりあえず、その娘起こしてダンジョンに入りましょう」

マロンはアゴをしゃくると、俺にガーネットを起こすよう指示をするのだった。

「ふふふ、こうしてティムさんと肩を並べて戦うのも久しぶりですね」

隣を歩くガーネットは嬉しそうだ。普段、ダンジョン内では『虹色の涙』を通して会話をしているので横にいるのが不思議な気分だ。

ここは『獣系ダンジョン』の四層で、俺たちは早朝から狩りのために潜っている。今後、五層のボスに挑む目標があってのことだが、まずは連携の確認などしておかなければならないからだ。

今回、パーティーを組むことで俺たちは四人の編成になった。これまでは、前衛にガーネット、後衛に俺と役割を分担していたのだが、新しく仲間になったマロンもグロリアも後衛だ。なので、バランスをとるために俺は武器を持ち替え、前衛を受け持つことにした。

「それにしても、今まさに力が増している、って実感できるのはいいわね」

後ろでは、マロンが上機嫌な様子で話している。

「そんなに違う？」

グロリアがマロンに質問をする。『ステータス操作』による変化について少しでも知りたいようだ。

「昔から、冒険者の間で『耳鳴りがした後で強くなり、スキルが使えるようになる』って噂されてたでしょう？　あれがモンスター討伐によるレベルアップなんだって実感している最中よ。さっきからモンスターを倒すたびにその現象が起こってるから」

マロンのステータスを見ると、確かに僧侶のレベルが上がり、各項目も伸びている。モンスターを討伐したお蔭だろう。

「いいなぁ、私もマロン先輩みたいに職業を変更したいです」

一方、ガーネットはそんなマロンを羨ましそうに見ていた。

「私たちも、他の職業選べるようになるのかな？」

「多分、他の職業のスキルを最大まで上げればいけるんじゃないかな？」

マロンと話した結果、今のところその説が有力だ。グロリア自身、他の職業のスキルを持っていないので検証できないが、ガーネットなら可能性はある。

「ひとまず、先に進もうか」

こうして立ち止まっている時間が勿体ない。俺たちは、前へと進むのだった」

「グロリア先輩！　支援ください！」

「えっと、少し待って！」

二人の叫び声がダンジョンに響く。あれから五層まで下りた俺たちは、モンスターを相手に狩りを続けていた。

現在戦っているのは【サーベルタイガー】というBランクモンスターで、鋭い牙と爪を持ち、俊敏な動きで攻撃してくる厄介な敵だ。

流石は五層、一度に襲ってくるモンスターの数も増えたのは勿論、かなり手強い。俺とマロンは慌ただしくしている二人をしり目に他のモンスターと戦っていた。

マロンは相変わらず隙間を通すような攻撃魔法で場をコントロールしているし、俺はどう動けば魔道士がやりやすいか理解しているので上手く立ち回っている。

お蔭でこちら側は余裕をもって戦えているのだが……。

「ちょ、ちょっと……モンスターをこっちに流さないでっ！」

「うっ！　仕方ないじゃないですか！　支援魔法が切れて素早く動けないんですからっ！」

ガーネットの『オーラ』とグロリアの『スピードアップ』が同時に切れ、できた隙をついてサーベルタイガーが後衛のグロリアへと襲い掛かっていた。

「「『ファイアアロー』」」

そうはさせまいと、俺とマロンがタイミングを合わせ、サーベルタイガーを魔法で攻撃する。

元々、どちらも魔法の威力に自信があるのだが、十本の火の矢を受けたサーベルタイガーはそのまま燃え上がり絶命した。

「ったく、あんたたち何やっているのよ？」

呆れた様子で二人に声を掛けるマロン。

「だって、ガーネットが敵を止めないから……」

「グロリア先輩だって支援切らしたじゃないですか！」

戦闘が終わり、言い争う二人。マロンは溜息を吐くと俺を見てきた。

これまで、ガーネットは自由な立ち回りをしていた。俺が武器も魔法も使えるというのがでかかったし、隙をついて襲い掛かってくるモンスターも危なげなく倒していたから。

だが、後衛のグロリアは完全な支援特化なので、前衛としては、後衛への攻撃のケアは絶対に必要だ。

「ねえ、ちょっといいかしら？」

マロンが俺に耳打ちをしてきた。俺は彼女の提案に頷く。

「二人とも、ちょっと聞いてくれ」

「何、ティム君？」

「何ですか、ティムさん」

二人同時に振り返る。

「とりあえず、五層程度で苦戦するようじゃボスに挑むわけにはいかない。三層まで戻って連携を考え直そうと思う」

「まぁ、今の状況じゃ仕方ないわね」

マロンがそう言うと、重苦しい雰囲気が流れた。

「さっきまで、三層で問題なかったと思うんですけど？　時間が勿体ないのでは？」

ガーネットが首を傾げる。

「うん、四人もいればそんなに苦戦しないと思うんだけど……」

グロリアもそれに同意した。だが、俺とマロンが想定しているのはそんな条件ではない。

「ああ、だからパーティーを分ける。俺とマロンが組んで、ガーネットとグロリアが組む。言っておくが、連携が上手くなるまで完全に別行動だからな？」

「「えええええええええええっ⁉」」

二人の叫び声がダンジョンに響いた。

★

「本当に、どうしてこんなことに……」

ガーネットは愚痴を言うと、剣を一振りしてモンスターを斬り倒した。

「せっかく、パーティーを組めるようになったのに、まさか半日で見限られるなんて……」

グロリアは杖を構え、溜息を吐くとガーネットの動きを追いかけた。

現在、彼女たちはティム・マロンと別行動で獣系ダンジョンの三層をペアで回っている。

ここはD・Eランク冒険者などがメインの狩場なので、女性同士の――それも美少女のペアは目立っていて、周囲の冒険者から好奇の視線を向けられていた。

「やっ！」

グロリアは慌てて飛びのくと飛んできた矢を避けた。遠距離からの攻撃に対し、咄嗟に悲鳴をあげてしまう。

「そのくらいで大げさですね」

ガーネットはグロリアの前に立つと、飛んでくる矢を次々と斬っていく、その姿にグロリア

だけではなく、周囲の冒険者も唖然とした表情を浮かべていた。

「ティムさんなら、このくらい避けてくれるのに……」

ぶつぶつと漏らす愚痴に、グロリアは神経を逆なでられる。

「ティム君なら、敵の攻撃を通すことなんてしないよ！」

二人の間に険悪な空気が流れた。ガーネットとグロリアは互いに睨み合うと、

「「ふんっ！」」

まったく同じタイミングで顔を逸らした。

◇

「なぁ、やっぱり上手く行ってないぞ」

離れた場所から二人の様子を窺っていたティムは、心配そうな声を出す。

「リアも、あの娘もこれまでペアでしか行動してこなかったからね、ましてや確執があるならそう簡単に連携なんてとれるもんじゃないわよ」

マロンは淡々と話しながら周囲に気を配っている。魔道士はパーティー内で一番冷静でなければならないため、常に周囲にいる冒険者や障害物、その他、地形などを把握しているのだ。

「でも、マロンと俺は連携取れてるよな？」

ティムが疑問を浮かべると、マロンはクスリと笑って言った。

「そりゃあ、だって、私はティムのことなんて意識してないし」

「酷い⁉　仮にもパーティーメンバーに言うことか⁉」

ティムはマロンに抗議した。

「それだけ気安い関係ってことでしょ、細かいことを気にする男はモテないわよ」

マロンはそう言ってティムをからかった。臨時パーティーの時以来、マロンはよくこうしてティムに絡むようになった。ティムも彼女とのやり取りを楽しんでいる節がある。

「それにしても、本当に酷いわね。モンスターを倒す順番も悪いし、支援が切れて攻撃を受けてるし……」

「それに関しては、すまないとしか言えない」

ガーネットは単独で戦う分には確かに強いが、いきなり前衛になり、ティムとしか組んだことがないので経験が圧倒的に不足している。

後衛の守り方だったり、厄介な敵の見極め、仲間全体の動きの把握などなど、多くの課題を持っている。

「まあ、それはリアにも言えることよ。リアも動かなすぎだし」

後衛二人という編成だったため、敵の攻撃はマロンが『ウォール』で防いでいたし、狩り自体も無理せずマロンがコントロールしていた。相棒に依存していたのが今のグロリアとガーネットということなので、上手くいく要素がなかった。

「レベル自体は二人とも高い、問題はお互いの行動の意図を読めていないだけなんだよな」

「連携は相手を思いやる心が大事だもんね」

ティムとマロンが話している間にも、ガーネットとグロリアの苦戦は続く。

「相手を思いやる心ね……」

ティムはアゴに手を当て考えると、

「ん、ティム？」

「マロン、ちょっとこの場を任せていいか？」

「何するつもりよ？」

「あの二人も、協力して倒さないといけない敵が現れればそうも言えないだろ」

ティムは何かを企むと、一人ダンジョンを駆けて行った。

◇

「「はぁはぁはぁ」」

ガーネットとグロリアの二人は、等しく息を切らせるとダンジョンの壁に背を預けていた。

「きょ、今日は……もう……帰りま……せん？」

いい加減、体力も精神力も尽きてきたので、ガーネットはダンジョンから出ることを提案する。

「でも……、私たち、まだ……連携できてないし……」

このまま戻ったところで、明日も二人でダンジョンに潜る羽目になる。グロリアの指摘にガーネットは痛いところを突かれたように顔を歪める。

「だけど、これ以上どうしたらいいんですか？」

ガーネットもグロリアも必死に頑張った。今のままではいけないと思いつつダンジョン探索をしたのだが、互いの行動の歯車が嚙み合わず、結果として格下のモンスターを相手に苦戦している。

「ううう、ティムさんと組んでた時は、こんなことなかったのに……」

ガーネットの言葉に、一瞬怒りがこみ上げたグロリアだが、喧嘩したところで状況は変わらない。

「まずは、私とあなたで何ができるかを考えるべきよ」

「でも、私は単独で『ジュエルゴーレム』だって倒せますし、ティムさんの片腕としてこれまでやってこれたんですよ！」

「それは、ティム君が凄いだけだよ、ガーネット」

グロリアの言葉にガーネットは口を噤んだ。言われたことを事実だと思ったからだ。

「そして、それは私も同じ。今までマロンに頼りきりになって、自分で考えることをしてこなかった。請ける依頼から立ち回りまで、全部マロンが決めてくれてたから」

「わ、私もそうです！」

話をしていくうちに、互いに駄目な部分が見えてきた。彼女たちはそれを受け入れる。

「多分だけど、ティム君もマロンも、私たちのそういう部分を見抜いていたんだよ。だから、二人でパーティーを組ませたんだと思う」

ティムとマロンの人物像はグロリアが一番よく知っている。

「あの二人は、私たちならできると信じて突き放した。そう思うの」

グロリアは、ガーネットの肩を掴んだ。

「グロリア先輩？」

突然肩を掴まれたガーネットは困惑した様子を見せる。

「だから、お願い、ガーネット。あなたのことを教えてちょうだい」

初対面の時以来、互いに絶対に認めたくなく、かといって無視するのもできなかった。だけど、そのせいで迷惑を掛けてしまっている。その思いはグロリアの手を通してガーネットにも伝わる。

「わかりました。ただし条件があります」

「えっ？　何？」

「グロリア先輩のことも教えてください」

「う、うん！」

「そ、それと……」

ガーネットは言い辛そうにするが、はっきりと告げた。

「馴れ合いはしません、グロリア先輩は私にとってライバルですから」

ガーネットは真剣な表情でグロリアを見る。その意図は瞳を通じて伝わった。

「こっちこそ、負けないんだからね！」

その一言で通じ合う。決して相容れないかと思ったが、二人を結ぶ共通点が存在していたからだ。

「じゃあ、まずは……」

二人はその場で互いにどうして欲しいか話し始めた。

基本的に、ダンジョンでは層によって出現するモンスターの種類・強さが決まっている。

これは、冒険者が適正な層に留まるための、ダンジョンの意思のようなものが作用しているのではないかと考えられるが、このお蔭で冒険者は計画的に狩りをすることができている。

だが、何事にも例外は存在する。レアモンスターと呼ばれる一部の存在は、どの層にも出現することが確認されている。

この『獣系ダンジョン』にも当然、そのレアモンスターが存在しているのだが……。

「ガ、ガガガ、ガーネット」

「な、ななな、何ですか、グロリア先輩」

『グルルルルルルルルル』

二人の目の前に、二本の足で立ち、涎を垂らしながら見下ろす、全身をキラキラとした毛で覆ったモンスターが立っていた。

【ジュエルビースト】身体を硬質の毛で覆い、俊敏な動きで敵に攻撃する、一説によると五層のボスよりも強いと噂されている存在だ。

「ど、どどど、どうしてこんなレアモンスターと遭遇するんですか！」

ガーネットは戸惑いを隠せない。

「に、にげ、逃げないと……」

思考が真っ白になる中、どうにか最善の判断をくだすグロリア。

「逃げるってどうやってですか‼」

だが、これまでガーネットが遭遇した【ジュエルゴーレム】や【ジュエルエレメント】と違い、目の前のモンスターの動きは鈍くない。

仮に背を向けて全力で走ったとしても、ガーネットは逃げ切れるかもしれないが、グロリアは追い付かれてしまう。そのことが一瞬で理解できた。

「戦うしか……ありません」

撤退はない、そう判断したガーネットは剣を抜くとジュエルビーストと対峙した。

「無茶だよ⁉ ジュエルビーストはBランク冒険者パーティーでやっと互角に戦える強さなんだよ‼」

グロリアは叫ぶ。

「それでも、このままじゃ駄目なんです！ 『オーラブレード』」

ガーネットはジュエルビーストの不意を突き攻撃を仕掛けた。

「えっ？ きゃあああ‼」

『グルアアァ‼』

攻撃を避けられ、爪の鋭い一撃を受け吹っ飛ぶ。

「いたたた、素早くて攻撃が当たらないです‼」

「大丈夫なの、ガーネット？」

「武器で受けたので何とか平気です」

心配するグロリアに、ガーネットは返事をすると険しい表情を浮かべた。

「それにしても、ここまで素早いとなると……」

逃げても追い付かれるだろう。

「私が引き付けるからっ！ ガーネットは逃げて！」

どちらかが犠牲になるしかない、そう判断したグロリアはガーネットに逃げるように叫んだ。

「見損なわないでくださいっ！　私は、ティムさんのパートナー！　仲間を見捨てるようなことはしませんっ！」

だが、ガーネットはグロリアに言い返した。

「よく言ったぞ、ガーネット」

次の瞬間、ティムの声が響く。

「ティム君⁉」

「ティムさん⁉」

二人は駆け付けたティムを見てホッとする。二人だけでは勝てずとも、ティムがいればどうにかできる。そんな信頼を寄せている。

「ひとまず、今は目の前のこのモンスターを倒すのが先決だ！」

前に躍り出て、剣を抜いたティムは二人に声を掛ける。

「私はティムの援護、リアはガーネットと連携をとる。いい、お互いの動きに合わせるのよ？」

マロンの指示を聞き、

「はいっ！　・・・リア先輩！　お願いします」

「任せて！」

ガーネットとグロリアは声を掛け合った。

「はぁはぁはぁ、何とか倒せましたね」

「はぁはぁはぁ、どうにか上手くやれた……よね？」

満足げな笑みを浮かべながら地面にへたりこむグロリアとガーネット。

ティムやマロンから見て、まだ連携が甘い部分もあったがどうにか及第点はあげられる。

「これなら、後数日もあれば問題なさそうだな」

強敵がきっかけとなり、二人の間にあった溝が埋まり、確かな信頼関係が生まれたのがわかる。ティムが期待していた以上の効果だ。

「なるほど、極限状況に追い込んで、互いに庇い合う姿を見せて信頼させる。一歩間違えれば危険だったわよ？」

人の動きなど予想もつかない。もしかすると、片方が逃げ出していたかもしれないのだ。

「俺は二人を信じているからな」

この中で、誰よりも二人を信じているのはティム。レアモンスターを連れてくればこうなると思っていた。

「私ならもっと、スマートにやるけどね」

だけど、そんなティムの作戦に、マロンは意見を出した。

「というと？」

マロンの方を向くティムだったが、彼女はニヤリと笑った。

「二人とも、ちょっと聞いてくれるかしら？」

「はい？」

「何？　マロン」

マロンはティムの背後に立つと、ティムの肩を掴み二人の前に押し出した。

「お、おい、一体何を？」

ティムは困惑する。そんなティムの耳元でマロンは囁いた。

「団結させるには、共通の敵を作るのが一番というのは同意よ。だけど探すまでもないわ」

「ま、まさか……」

ティムが驚愕の表情を浮かべると、

「この【ジュエルビースト】をあんたたちにぶつけたのはティムだからね」

次の瞬間、二人の顔が動き、ティムを見る。

「ティム君、どういうこと、かなぁ？」

「ティムさん、どうしてそんな酷いことするんですか？」

「えっ、ちょっと……マロン、裏切ったのか⁉」

二人から立ち上るオーラにビビり、ティムは慌てふためいた。

「別に、裏切ってないわよ。ただ、こうした方が私たちのパーティーはもっと良くなると思っただけだし」

「とにかく、ちゃんと話を聞かせてもらえるかな、ティム君？」

「ええ、納得できるようにお願いします。今夜は寝かせませんからね」

怒りながらティムに詰め寄る二人。

「ちょ、マロン助けて……」

必死に懇願するが、マロンは両手を広げると、やれやれという仕草をする。

結局、ティムはこの後二人を納得させるため、様々な約束を取り付けられるのだった。

★

「さて、それじゃあパーティーを始めましょうか」

ガーネットは上機嫌な様子で周りを見渡す。テーブルには乗り切らない程の様々な料理が並べられており、席には俺とマロンとグロリアが座っていた。

「ねぇ……ティム君。こんなの聞いてないんだけど？」

グロリアは冷や汗をダラダラと流しながら、縋るような視線を俺に送ってきた。

「まさか、貴族の屋敷に招待されるとは思わなかった。随分と立派な部屋ね……」

マロンも驚いた様子で部屋を見回す。ここは普段エミリアさんがお茶会を開いているラウンジで、花などが飾られて色彩豊かな空間になっている。

ダンジョンから帰還した俺たちは、マロンに「親睦を深めるために一緒に食事をしましょう」と言われたため、こうして屋敷へと連れてきた。

「別に、王都の適当な酒場でも良かったのに」

壁際に待機しているメイドや執事を見て、グロリアが気まずそうに小声を漏らす。格式高い貴族の屋敷に使用人たちからの視線を受けての食事となると落ち着かないのだろう。

「それは駄目です、だって私がお酒呑めませんから」

グロリアの声が聞こえたのだろう、ガーネットはきっぱりと答えた。

ウイングさんとエミリアさんの教育方針により、ガーネットは外での飲酒を禁じられている。なので外で食事をする場合、一人だけ酒を呑むことができず仲間外れになってしまうのだ。

「だからってこんな、落ち着かないんだけど」

以前オークションに参加した時、ガーネットが酒に興味を持って羨ましそうに見てきたことがあった。お預けを食らった子犬のような眼差しを可哀想と思った俺がウイングさんを説得し、目が届く屋敷でなら飲酒を許可すると言われたのだ。

貴族の屋敷に初めて足を踏み入れたグロリアは、緊張し身体を縮こまらせている。

「あまり緊張しなくていいぞ、グロリア」

初めて屋敷を訪ねた時を思い出し苦笑いが浮かぶ。慣れないタキシードに身を包み、ガーネットと一緒に門を通ってからまだ数ヶ月しか経っていないのだが懐かしい。

「ううう、ティム君は緊張しなさすぎだよ」

慣れた様子の俺を、グロリアは恨みがましい目で見てきた。

最初は緊張していた俺だが、客室を用意してもらい、屋敷の人たちと接することで段々と家族のような暖かさを感じるようになった。今ではウイングさんやエミリアさんとも仲良くしているし、使用人も受け入れてくれている。

「まあ良いじゃないですか、リア先輩。乾杯しましょう」

「えっと……そうだね、ガーネット様」

初めての女性冒険者仲間。初めてのお酒ということでガーネットのテンションは上がりっぱなしだ。笑顔でグロリアとの距離を詰める。

「何ですか今更、私とリア先輩の仲じゃないですか。ダンジョンの時みたいに話してください。距離を置かれると寂しいです」

瞳を潤ませじっとグロリアを見つめるガーネット。彼女のあの目はずるいと思う。俺やウイングさんにエミリアさんも、あの目に弱い。

「グロリア、言う通りにしてやってくれ」

「うう、ティム君がそう言うならそうする」

グロリアはまだ貴族に気軽に接することに抵抗感があるのか、屋敷の使用人を見ると、おそるおそるガーネットの名前を呼んだ。

「それじゃあ、乾杯するわよ！」

マロンが音頭をとり、俺たちはワイングラスを合わせると、親睦会が始まった。

「それにしても、最初はどうなることかと思ったけど良かったわよね」

ワインを呑み、テーブルに並べられたチーズに手を出しながら、マロンはダンジョンでの話をはじめた。

「これまで、私とガーネットがどれだけティム君とマロンに依存していたかわかったよ」

「反省しています」

グロリアとガーネットが頭を下げる。

「謝ることじゃないわよ、今まではそれで上手く行っていたわけだし」

マロンはあっさりと二人の言葉を流し、チーズを今度は三つ取る。どうやら好みの味だったらしい。

「それに、パーティーを組んでギクシャクするのって実はわりと当たり前なのよ」

チーズをロウソクの火で炙って食べると、ペロリと舌で指を舐めた。

「そうなのか？」

俺はその辺の一般冒険者事情に詳しくないので興味を持った。

「どの冒険者だって、これまでのやり方があるじゃない？　攻撃重視なのか、戦闘を安定させることを優先するのか。それぞれの目標や目的によって立ち回りも変わってくるんだから、最初から完全に上手くいく方が珍しいくらいよ」

マロンはこれまでに聞いたパーティーの話を俺たちに聞かせた。確かにその通り。冒険者はそれぞれのスタイルを持っているので、方向性が一致しなければスムーズな連携などとれるわけがない。

「マロン先輩、どうすればいいんでしょうか？」

ガーネットは酒のせいでほんのりと頬を赤くしながらも真面目な態度を崩さない。今日のこともあったので早めに何とかしたいと考えているようだ。

「一つ目はよく話し合うことね。どれだけ仲が良い間柄でも不満は出るものだから、相手がどうして欲しいか、自分がどうするべきかについて意見を言い合うのは大事よ」

俺とガーネットはダンジョン攻略中や、屋敷に戻ってからも毎日話をしている。マロンが言うように十分に話し合いをしているからこそ連携が取れていたのだろう。

「一つということは他にもあるんだよね、マロン？」

グロリアもマロンに質問する。

「後は、お互いに役割をきっちり果たすこと。前衛は絶対に後衛に攻撃を通さない。後衛は前衛が動きやすいように考えて支援を絶やさないこと」

まさに、先程の二人に言っているかのようなピンポイントな内容だ。

「なるほど、それぞれの役割を果たす……」

ガーネットはアゴに手を当てると考え込んだ。

「ティムさん。スキルの検証の件なんですけど、御相談があります」

マロンが僧侶になれたように、ガーネットもアイスアローのスキルレベルを上げることで魔道士になれるのではないかと考え、レベルが上がった時に検証するつもりだった。

「私が魔法職になっても、今以上に皆さんに迷惑を掛けてしまうと思うんです。だから、レベルが上がったら、これまで通り剣聖のスキルを強化してください」

はっきりとそう告げてきた。

「いいのか？」

自分も魔法を使えれば戦闘の幅が広がる。ガーネットは期待しながらそんなことを漏らしていたはず。

「いいんです。今の私はこのパーティーの前衛ですから。未熟ながらも皆さんを守るのが役目。他に目移りしている場合ではありませんから」

ガーネットはそう言うとワインを呑んだ。

「ガーネット、私もしっかり支援と治癒するよ」

グロリアはそう言うとガーネットに抱き着く。以前、マロンに抱き着いていたこともあるので、酔うと抱き着く癖があるようだ。

「まっ、互いに思うところはあるだろうけど、仲良くやりなさい」

そんな二人を達観して見守るマロン。だが、二人の目が輝いた。

「マロンもこうだっ！」

「マロン先輩もこうですっ！」

「わっ、リア！　それにガーネットも⁉」

すまし顔をしていたところ、二人が抱き着いてきた。

俺も使用人も三人の絡みを生暖かい目で見ている。仲が良いことは素晴らしいことだ。

「ティム様、旦那様がお呼びです」

そうこうしている間に、ウイングさんから呼ばれてしまう。

「それじゃ、俺はパセラ伯爵と話があるから」

ガーネットのお酒の件もそうだし、彼との打ち合わせも大事なのだ。

「ちょっ！　ティムっ！　助けなさい！」

ガーネットとグロリアに押さえ込まれたマロンが助けを求めてきた。

「頑張れ！」

俺は一言告げると部屋を出る。

背中から何やらマロンの叫び声が聞こえたが、これも仲間同士仲良くなるため、仕方ないとわりきってもらうことにした。

◇
「さて、それではボスに挑むとしましょうか！」

ガーネットが気合をみなぎらせている。

ここは植物系ダンジョンの五層で、俺たちはこれからボスに挑むことになる。

「それにしても、久々に成長しているのが実感できて楽しかったわ」

彼女たちのステータスを弄ってから一週間。俺たちは連携をとるため、四人でダンジョン内で狩りをしてきた。最初は上手くいかなかったが、様々な犠牲（主に俺の）により、最終的には満足が行く連携を取れるようになったと思う。

「今日のボスを倒せば、いよいよ俺たちも六層に足を踏み入れる資格を得る。俺はこのメンバーで六層を探索するのを楽しみにしている。この一週間を思い出して、全力をボスにぶつけよう」

「わかりました！」

「オーケーよ」

「うん！」

三人の顔からも自信が窺える。ステータス操作により、これまでの狩りで成果を上げたからだろう。

扉を開け中に入ると、これまで見たことのないような大部屋が存在した。

俺たちが中央へ進むと部屋全体に明かりが灯り、魔法陣が禍々しく輝く。その輝きは血のように赤く、今まさにボスが召喚されている。

「これが……ボス、ですか？」

ガーネットが息を呑んで見上げる。出現したのは赤い花弁に鋭い牙が生えた不気味な口。棘がついた無数の蔦をウネウネと動かしている巨大なモンスターだった。

「【フレラシア】ね……。硬い蔦で攻撃してくるはず、かなり長く伸ばせるらしいから、リアも油断しないで！」

マロンがモンスターの情報を皆に共有してくる。

「きますよっ！」

花弁が閉じ、フレラシアの全身が震え始めた。ガーネットが警戒し、俺もフレラシアの動きに注意していると、口を開き何かを宙にまき散らした。

部屋全体に落ちたそれは、地面に根付くとあっという間に成長し花弁を開かせる。出現したのは小型のフレラシアだった。

「支援するよ、ガーネット！　五分後に再支援するから、合図したら戻ってきて！」

「わかりましたっ！　リア先輩！　最初は慎重に立ち回るので『スタミナアップ』だけで！　慣れてきたら突っ込むので『スピードアップ』の支援もお願いします！」

二人は互いに自分の考えを相手に伝える。情報の共有により連携の精度が高くなる。

グロリアの『スタミナアップ』の支援を受け、自身を『オーラ』で強化したガーネットはフレラシアへと突っ込んだ。

「ティム君は、まず周囲の取り巻きの排除。マロンは『ウォール』で壁を作って防御を固めてから魔法で援護をして」

「了解だ！」

「任せて、リア」

俺たちはグロリアの指示に従うと行動を開始する。最後方にいる彼女こそ、全体指示を出すのに最適だろう。

「『ファイアアロー』」

魔法を唱え、端からフレラシア（小）を燃やしながら突っ込んで行く。すると何かが正面から飛んできた。

「ちっ！」

どうやら遠距離攻撃手段があるのはこちらだけではないようだ。飛んできたのはフレラシアの花弁で、俺は剣を使い、その場で花弁を斬り落とした。

「わっ、ちょっと！　近付けませんっ！」

声がしてそちらを見ると、ガーネットが気持ち悪そうな表情を浮かべている。

フレラシアの蔦から何やら桃色の液体がにじみでており、ウネウネと動いている。本体までの距離があり、まずこの蔦をどうにかしないといけないようだ。

「リア先輩。この液体、ぬるぬるします！　これじゃあ足場にもできませんよっ！」

フレラシアは液体を地面に落とし、徐々に前に進んでいた。

「えっと……どうすればいいの……」

想定外の事態に、グロリアは口元に手を当て、焦りながらも対策を考えている。それを見ていた俺は咄嗟に魔法を発動させた。

「『アイスウォール』」

次の瞬間、フレラシアの前に氷の壁が発生する。

「液体なら凍らせればいいんだ！」

「なるほど！『アイスアロー』」

俺の言葉を聞き、マロンも魔法を放つ。アイスアローはフレラシアの蔦に直撃すると、当たった部分を凍り付かせた。

「これならいけますっ！」

ガーネットは剣を大きく振りかぶると、

「『オーラブレード』」

一撃で凍った蔦を砕いた。

この中で最大の攻撃力を誇るガーネットが覚えた最強のスキルだ。これにはフレラシアもダメージを受けたらしい。

口を開け、涎のようなものまき散らし苦しんでいる。

フレラシア本体の動揺が伝わったのか、一瞬フレラシア（小）の攻撃も弱まった。

「ティム君、そのフレラシア（小）が遠距離攻撃をしている間は大丈夫。今用意してくれたアイスウォールで防げるよ！　ガーネットと一緒に本体を叩いて！」

一瞬悩んでいると、グロリアの指示が飛んできた。確かに、花弁カッターの攻撃一発一発の威力はそこまで高くない。無視するのが正解だった。

「ガーネット！　俺が凍らせて君が砕く！　行くぞっ！」

「はいっ！　ティムさん！」

マロンがグロリアを守り、俺とガーネットが部屋を走り回る。近寄るフレラシア（小）を斬り捨てながらアイスアローを放ち続けた。

「あと少しで勝てます！」

十数分が経ち、フレラシアの蔦は大分排除され、本体までの距離が随分と近くなっていた。

足元には溶けたフレラシアの蔦が転がり、周囲には甘ったるい匂いが漂っている。凍らせていたフレラシアの液体が溶けて蒸発しているせいだ。

「はぁはぁ、身体が熱いです」

言われてみれば、頭がぼんやりしている。ガーネットの息遣いが艶かしく彼女の身体を見ているだけで心臓が激しく脈打ち全身を衝動が駆け巡る。これは一体どういうことだろうか？

「くっ……！『自動体力回復』のスキルが効いているから体力切れはないはずなんだが……」

俺はスキルで体力が自動回復するようになっているので、疲労によるものではなさそうだ。

「二人とも……どうしたの？」

グロリアの声が聞こえる、何とも甘美な美声が耳を撫で、思わず彼女の身体に視線が釘付けになってしまった。

「そいつまだ何かやってくるかもしれないわ！　早く片付けた方がいい！」

マロンの予感が正しい。優位に運んでいるようだが、このままだと戦況がひっくり返る気がした。

「『アイスウォール』」

マロンが魔法を唱えると、ガーネットの前に氷の橋が発生する。彼女は意識して魔法の形を弄れる。斜めに伸び、駆け上がった先はフレラシアの頭上だ。

「『アイスアロー』」

彼女の意図を察した俺は、援護のため、花弁に向かい魔法を放つ。本体まで届かなかったが茎が凍り付き、本体の身動きを封じた。

もはや何もできないであろうフレラシア。最後の悪あがきとばかりに口を開いた。

「とどめです！『オーラブレード』」

マロンが作った掛け橋を蹴り、フレラシアの頭上に飛び上がった。

次の瞬間、フレラシアは口から液体を吐き出し、それがガーネットに直撃した。

この状況ではひるむこともない、彼女は液体を浴びながら、一切力を緩めることなく剣を振り下ろした。

フレラシアは真っ二つになり、地面にはガーネットの攻撃による痕が刻み込まれている。

「やった！」

フレラシア（小）も本体が倒れたことにより動きを止め、枯れ始めた。

ボスを倒し、モンスターの死体が地面に吸い込まれていくと、ようやく息を吐く。

全身に熱が回り、気だるさを覚えるが動けない程ではない。そう考え周囲を見回すとガーネットが倒れていた。

「ガーネット！　大丈夫か？」

慌てて走り寄ると彼女を抱き上げる。

「はぁはぁ、ティムさん。苦しいです」

瞳を潤ませ熱が籠った目をしている。その扇情的な様子に、俺は思わず生唾を飲み込んでし

まった。

「身体中に何か妙な感覚がして、このままじゃどうにかなっちゃいそうです」

何かに耐える仕草と声が刺激し、俺も良くない気持ちになりかけている。

ガーネットが抱き着いてきて、このままでは自分を制御できなくなりそうだと思っていると
……。

「『キュア』」

グロリアが魔法を使った。

「あ……」

頭にかかっていたモヤのようなものが消え、思考がクリアになった。

「どうやら、フレラシアの攻撃には催淫効果があったみたいね」

マロンが原因を突き止めた。

「とりあえず、解毒効果がある『キュア』を唱えたけど、大丈夫？」

グロリアが俺たちの顔を覗き込んできた。

「ああ、どうにか……」

先程までの衝動が消えているのを確認すると、急に背筋が冷たくなってきた。

もし二人だけのパーティーでフレラシアに挑んでいた場合、取り返しのつかないことに……。

「ふぇ……？」

ガーネットはフレラシアの液体を直接浴びたせいか、解毒までまだ時間がかかるようだ。蕩けた表情をしており、解毒できているにもかかわらず、彼女から目が離せなくなりそうだ。

「とりあえず、ガーネットはこっちで預かるから。ティムは離れなさい」

マロンはそう言うとガーネットを引きはがした。

「そう言えば、ドロップアイテムはどうなった？」

彼女の顔をずっと見ているのは良くないと思った俺は視線を逸らすきっかけに、ドロップアイテムを探した。

「あっ、あそこに宝箱が出現しているね」

ボス部屋で討伐すると宝箱が出現し、中に大体数十個のアイテムが入っているという。

グロリアが指差した先にある宝箱、それは俺のスキル『アイテムボックス』に非常に似ていた。

中身を取り出すか時間経過で消えるらしいので、もしかすると仕組みは『アイテムボックス』と同じなのかも知れない。

「高価そうな装飾品がいくつかと、魔導具。それに高級な調味料みたい」

稼ぎとしてはそこそこ良さそうだ。

「とりあえず、ティムのアイテムボックスに入れておいて。この娘が正気に戻ったらダンジョンを出ましょう」

ぐりぐりとマロンの肩に顔を押し付けるガーネット。マロンの方もまんざらでもなさそうだ。

しばらくして、全員が動けるようになると、俺たちはダンジョンを脱出した。

◇

「サロメさんからの連絡ってなんだろうな？」

ボス部屋を攻略してから数日が経ち、戦利品の分配を終え、これから本格的に六層に挑もうと考えていると、冒険者ギルドから使いの人間が屋敷を訪ねてきた。

なんでも、サロメさんよりすぐに連絡するようにと伝言があったとか。

「もしかして、そろそろ戻ってこいとかでは？」

横を歩くガーネットは俺の顔を覗き込む。呼ばれたのは俺だけなのだが「散歩のついでですから」と付いてきた。

そう言うわりには腰に剣をぶら下げているあたり、用事が終わったら軽くダンジョンに潜ろうと誘う気満々だろう。

そんな彼女の思惑を見抜きながら、俺は冒険者ギルドに入ると受付嬢に声を掛け、奥の通信魔導具のある場所まで向かった。

『はい、ヴィア冒険者ギルドです』

「Cランク冒険者ティムです。サロメさんに取り次いでもらえないでしょうか？」

どの冒険者ギルドにもある通信魔導具を使って彼女を呼んでもらった。

『あっ、ティムさん。申し訳ありません、突然呼び出してしまって』

「どうしたんですか？」

わざわざ呼ばれた理由を聞いてみる。

『それがですね、ティムさんの実家から手紙がきていて、用件が急ぎと書かれていたもので……』

ガーネットの時もそうだが、冒険者宛の手紙はギルドに着くことがある。

冒険者はしょっちゅう街を出たりするし、定宿もその時の財布状況によって変わるので、確実に連絡を取るのならギルド宛に出すのが正解だからだ。

「わかりました。開けて読んでください」

急ぎということで内容が気になった。

『では読ませていただきます』

背中にぴったりとガーネットがくっついている。サロメさんは事務的に対応してくれているのだが、ガーネットは興味津々らしいので、両親の手紙に何が書かれているのか気になり内容を聞き取ろうとする。

『ティムよ――』

そんな俺の内心を知らずか、サロメさんは手紙を読み上げるのだった。

三章

「それで、実家に帰ってこいと言われてると？」

両親からの手紙の内容を話すと、マロンはストローを口でくわえる。

現在、俺は冒険者ギルドに併設されているカフェで、実家から届いた手紙に書かれていた内容についてマロンとグロリアに説明しているところだ。

「まさか、ティムさんの両親も、うちの両親と同じようなこと言い出すとは、おそろいですね」

「……なんでそんな嬉しそうなんだよ」

両親が手紙を寄越した理由が、ガーネットの時と同じく冒険者を辞めるようにというものだったからか、彼女は身体を寄せてきた。

「それで、ティム君は家業を継ぐつもりなの？」

グロリアは不安そうな顔をすると、俺の目をじっと見て真意を探ろうとする。

「いや、家業って言う程でもない、畑は村の共同管理だし、俺が継がなければ他の人間に振り分けられるだけだから」

実家には妹もいるので、あいつが誰かと結婚して継ぐなどいくらでも方法はある。それより、どう両親を説得するかの方が問題だ。

手紙には俺の惨状を冒険者づたいに聞いたらしく「冒険者としてやっていくのが無理なんだから、いい加減戻ってこい」と書かれていた。

「勿体ないですよ！　今のティムさんは私たちにとって、いえ、世界にとって必要な人材です」

「流石にそれは大げさすぎる⁉」

ガーネットからのあまりの評価の高さに思わず突っ込みを入れる。

「そうとも言えないと思うけどね。少なくとも『ステータス操作』の恩恵を受けたこっちとしては、ティムの力が知れ渡ったら、これまで踏破できなかったダンジョンの攻略も現実になるし、才能なしとされて冒険者を辞めた人たちに新しい可能性を示すことだってできるわ」

マロンの言葉に胸がズキンと痛んだ。

基本的に、スキルを覚えられない俺みたいな存在は、冒険者として冷遇されるので早々に諦めて他の仕事に就いてしまう。

俺の『ステータス操作』ならば、そんな、一度は夢を諦めてしまった人間の潜在能力を引き出すこともできるのだ。

「もし、そうなったら、誇張なしで世界がひっくり返るわね」

マロンは自分の推察を述べる。いつもの茶化すような態度ではないので、今回ばかりは本気でそう思っているようだ。

「流石に、すべての人間のステータス操作なんてしていたら、いくら時間があっても足りないぞ」

俺は頭を掻くと、もし自分の能力が広く知れ渡ったらどうなるか考えてみた。

このことが公表されようものなら、世界中の人間がこぞって俺の下に押し寄せるであろうことは想像に難くない。

「でも、ティム君優しいから、頼まれたら断れないでしょう？」

俺のことを過大評価しているのはグロリアもだった。彼女は心配そうに流し目を送ってくる。

「そんなことはないと思うけど……」

親しい相手には幸せになって欲しいと思っているが、流石に顔を合わせただけの相手の面倒まで見るつもりはない。

それよりも、今は実家の件を片付けるのが先だ。

「とにかく、せっかく冒険が楽しくなってきたんだ。ここははっきりと断るつもりだ」

「まあ、このメンバーなら早々にBランクに上がれてAランクも狙えそうだもんね。それが正解よ」

マロンが俺の判断を後押ししてくれる。

「手紙を書くんですか？」

ガーネットは人差し指を口元に当てると、どうやって断るつもりか聞いてきた。

「いや、今回の件は両親も俺の噂を聞いてのことらしいから、一度顔を見せて話をするつもりだ」

俺のことを心配して言ってくれているのだ。ただ手紙で返事をしても納得しないだろうし、一年半も帰っていないので、帰郷するいい機会だろう。

「せっかく、五層のボスを突破してこれから六層に挑むタイミングだったのに、皆には迷惑を掛けるけど、できる限りのステータス操作はしていくから、戻るまでは三人で…………」

申し訳ないと思いながらも、家庭の事情で抜けることを告げていると……。

「ティム君の村ってヴィアから馬車で五日だったよね？」

「よく覚えてるな？」

グロリアが村の場所を確認してきた。

「そ、それは……、簡単には忘れないし」

研修時代にグロリアと出身地の話をした記憶があるが、まさか覚えているとは思わなかった。

「なるほど、そうなると旅の準備をしないといけませんね、メイドに用意させるので一日もらえますか？」

「まっ、仕方ないわね」

ガーネットが両手を合わせて楽しそうに思考を巡らせ、マロンは帽子に手をやり、溜息を吐きながらも同意する。

「もしかして、付いてくるつもりなのか？」

俺は彼女たちの顔を順に見ながら確認する。

「勿論です。私はティムさんのパートナーですから。安心してください、御両親がどれだけ反対されても、私を救ってもらった時のように説得してみせますから」

彼女はそう言うと「任せておいてください」と胸を張った。

「まあ、せっかくの無害枠の男子だもんね、ここで引退されたら六層に行けなくなるし、いざとなったらあんたの両親を『わからせ』てあげるわよ」

一方マロンは、ふふんとすました態度を取る。

「お前は俺の親に何をするつもりだ？」

妙に含みを持たせたマロンの言葉に警戒心が高まる。こいつと家族を二人っきりにはさせまい……。

「そうだ、ティム。アイテムボックス空けておいてね」

「なるべく荷物は減らすけど頼めるかな？」

マロンとグロリアの言葉に頷く。女性の荷物が多いことは知っている。ガーネットの分も含めて相当必要になるだろう。それにしても……。

「村には見所もないし、ダンジョンもないんだぞ？　わざわざ付いてくる必要はないんじや?」

別に戻ってこないとは言っていない。ダンジョン探索でもしながら待っていた方が退屈しないだろう。どうして俺に付いてくるのか不思議に思い聞いてみると返事が返ってきた。

「ティムさんが行くならどこでもお供します」

「だって、私たち仲間でしょ?」

「二人っきりにはさせないから!」

断っても絶対に付いてきそうな三人の顔を交互に見る。

俺は溜息を吐くと、彼女たちを連れて帰った時の両親と妹の反応を想像し、頭が痛くなった。

馬車が通るにはやや細い街道があり、俺たちは馬車に揺られながら移動をしていた。

外を見るとのどかな風景が広がっている。子供のころに泳いだ川や、山菜を獲った山など馴染みのある景色が目に入り、帰って来たんだなという実感が湧いてきた。

同行している三人の女性は、楽しそうに話をしている。

グロリアもガーネットもマイペースなところがあるのだが、マロンがしっかりと会話を転がすので話し声が途切れることはない。

俺はというと、一人ずつならば普通に話せるが、三人を相手にすると気疲れのようなものを覚えてしまうので、基本聞き役に徹していた。

まもなく、馬車が村の門を通り抜ける。このような場所を訪れる人間は行商人しかおらず、今回は以前に伝手ができた商会の人に頼んで馬車を出してもらった。

村に到着し、金を払い御者に礼を言って別れる。

昔遊び回った広場に荷物を下ろし、懐かしく思い周囲を見回していると、

「ここが、ティムさんが生まれ育った村ですか。とてものどかで空気が美味しいですね」

王都育ちのガーネットには、自然に囲まれた場所にある村が珍しいのだろう。空気を一杯に吸い込んで田舎を堪能していた。

「うちの村と同じくらいかな？　やっぱり、どこも同じような田舎なのよね」

一方、マロンはつまらなそうに自分の髪を弄っていた。どちらかというとこっちの反応の方がほっとする。無理に田舎を褒められても返事に困るのだ。

「マロンが言うように雰囲気が似てて懐かしいかも。久しぶりに山菜採りに行きたいから、時間があったら付き合ってくれるかな？」

グロリアは俺にそう告げる。

何もない退屈な村での遊びと言えば釣りか山菜採りだ。その日の食事の内容もよくなるので、村出身の子供はおかず目当てに野山を駆けずり回る。どうやらグロリアの村でも同じだったらしい。

「釣りも山菜もいくつか穴場を知っているから、よかったら案内するよ」

他では獲れない大きな山菜が自慢なのだ。俺はそれを見た時の彼女たちの反応を楽しみにした。

話をしていると、周りの家からぞろぞろと人が出てくる。村を訪ねる人間は珍しく、誰かがくれば警戒され、それが知り合いなら顔を見せる。

「何か、視線がきつい気が？」

グロリアの言う通り。俺にとって見知った顔ばかりなのだが、表情が険しい。

「ティム、あんたもしかして悪童だったの？」

「いや、悪戯っ子だったとは思うが、可愛がってもらえていたと思うんだが……」

当時、俺と妹は村で若い方だったので、よく可愛がってもらった記憶がある。にもかかわらず、優しかった人たちからも険しい視線を感じるのはなぜだ？

首をかしげていると、奥にある家のドアが開き、うちの両親が出てきた。

「ティム、帰ったか」

「久しぶりだな。父さん」

普通に話し掛けてもらえてホッとする。周囲の村人たちも、俺と両親が話し始めると家の中に戻って行った。

「少し、背が伸びたか？」

村を出て冒険者になってから一年半。記憶にある両親はもう少し若い印象だったのだが、小皺が増えたような気がする。

「元気そうで良かった。いつも心配してたんだよ」

「母さんも、元気そうだね」

嬉しそうな表情を向ける母、目元にうっすらと涙が浮かんだのを指でこすっている。

「サーシャは？」

俺はそれに気付かないふりをすると、妹の姿が見当たらないので父に聞いてみる。

「家の中だ」

その表情で、妹が出てこない理由を察する。

「……そっか」

一年半前、サーシャは俺が冒険者になるのに最後まで反対していた。結局、両親に話して妹が寝ている間に村を出たのだが、そのことをいまだに引きずっているらしい。

俺はそんな妹に対し、どう接すればいいか悩む。こうして戻ってきたのに顔を見せないということは、相当怒っているに違いない。

あの時の俺は、冒険者になることに頭が一杯で、冒険者研修の申し込み期限が迫り焦っていたこともあって、喧嘩別れのような形で村を後にした。

今思えば他にやりようがあった気もする。俺が当時のことを思い出していると……。

「時に、そちらのお嬢さん方はティムの知り合いかな？」

「お母さんもそれが知りたいわね」

両親は俺が連れてきた三人が気になる様子。ガーネットもグロリアもマロンも口を噤み、俺を見ている。

どうやら、妹を何とかする前に、彼女たちを両親に紹介しなければならないようだ。

「なるほど、君たちはティムの冒険者仲間だったのか」

家に入り、全員に一通りの説明を済ませる。ちなみに妹は部屋から出てこない。人見知りするやつなので、こんなに大勢で押し掛けたら当然だろう。

「ええ、ティム先輩には……色々、教えていただきました。今も私が冒険者を続けられるのはティム先輩のお蔭と言っても過言ではありません」

ガーネットが俺に対して熱く語る。両親を説得するためだというのはわかっているのだが、本人を前にして褒められるのは恥ずかしい。

もしかすると、以前、ウイングさんやエミリアさんを説得する際、ガーネットの長所を上げ連ねていたのだが、彼女もこんな気持ちだったのだろうか？

「しかし、流れてきた噂では『ティムはスキルなしの落ちこぼれ』となっていたぞ」

ガーネットの言葉をそのまま信じるつもりもないのか、父は噂について触れる。

「……誰が、そのような、根も葉もない噂を、流して、いたのですか？」

次の瞬間、空気が変わり、ガーネットの低い声が響く。『剣聖』になり、戦闘経験を積んだガーネットは、気迫一つでモンスターを威圧することができるようになった。彼女の怒りが漏れ、全員が冷や汗を掻く。

「い、以前……ここで、依頼を受けた冒険者がいて、そんな話をしていたんだ」

父が汗をだらだらと流す。無理もない、ガーネットの威圧は低層のモンスターが裸足で逃げ出すくらいなのだ、一般人の父にはきついだろう。

「ちょっと待て、冒険者がこの村に？」

俺の噂はともかく、聞き捨てならない内容が聞こえた。

「ああ、ちょっと『ビッグボア』が畑を荒らした時期があってな、その討伐依頼を出したんだよ」

ビッグボアは森に生息するモンスターだ。時々、森から出てきて畑を荒らすことがある。その討伐を依頼したらしい。

「俺たちが来た時の警戒した様子ってもしかして……」

「ああ、討伐の際に冒険者たちが散々な……」

両親が苦い表情を浮かべる。それだけで何があったか察することができる。

「確かに、ビッグボアは討伐してくれたけどさ、畑は燃えて滅茶苦茶だし、振る舞いがねぇ……」

ビッグボアはC～Dランクパーティーで討伐可能なモンスターなのだが、冒険者の中には戦えない人間を下に見ることがある。傲慢な振る舞いをしたということだろう。

「すみません、その冒険者のランクって教えてもらえますか？」

マロンが手を挙げ、冒険者ランクを確認してきた。

「ああ、確か、Dランクだったよ」

「……Dランク、それって本当に討伐してましたか？」

「村での戦闘の後、ビッグボアは森の奥に逃げて行ったからな、冒険者が追いかけて、討伐部位を持ってきたから間違いないと思うぞ」

「……ならいいですけど」

マロンは何やら引っ掛かる言い方をする。

「その時に気になってだな、その冒険者に息子が上手くやっているか聞いたんだよ」

結果として、その冒険者たちが俺の悪い話を両親に聞かせたのだという。

「雑魚モンスターにもてこずる上、後輩からもどんどん追い抜かれている。そんな状態で危険な冒険者を続けたら、いつ死ぬかもわからない」

当時の俺の評判を父は言葉にした。

「そう思ったお母さんたちは、ティムを呼び戻すことにしたのです」

ここまでの経緯を話して聞かせてくれた。なるほど、その情報だけならば確かに呼び戻されても仕方ない。

「ティム、戻ってきてくれるのよね？」

母が手を伸ばし俺の手に触れる。爪に泥が入りごわごわとしている。農作業で苦労をしてきた人の手だ。俺が冒険者を目指したのは、両親にもっと良い暮らしをさせてあげたいというのもある。だが、母にとっては息子が遠くにいることの方が辛いのかもしれない、そんな考えが頭をよぎった。

「ティム先輩は私にとって大切な人なんです。このまま冒険者を続けさせてください」

ガーネットがはっきりと告げる。彼女もまた、俺のことを必要だと思ってくれている。

「ティムは私たちパーティーの要だし、最近ではギルドマスターや職員から高い評価を受けています。根も葉もない噂は間違いだったんだから、冒険者を続けても構わないのでは？」

マロンは、両親の話を聞いたうえで、誤解だった点を強調した。

二人の勢いに圧され、両親は互いの顔を見合わせる。

「二人とも待って、お父さんもお母さんも、そんな急に言われても決められない。だって、家族の身を案じているんだよ？」

グロリアが間に入り、ストップをかけた。両親はホッと息を吐くと胸を撫で下ろす。

「それがな、サーシャもお前が戻ってくると考えているから、あの子の意見を聞かずに決めるわけには……」

「ティムが出て行った後『どうしてサーシャ抜きで勝手に！』と怒って半年の間、口を利いてくれなくて大変だったのよ」

母は頬に手を当て、困った顔をした。俺が出て行ってから、妹をなだめるのが大変だったのだろう。

これでもし、俺がトンボ帰りをしようものなら、どうなるかは明らかだ。

「……今度は、ちゃんと説得するよ」

一年半前の俺は、余裕がなかった。年に一度しかない冒険者研修を逃せば、周りに置いて行かれてしまう。そうおそれを抱き、妹と話すことを放棄した。母からその後のサーシャの態度を聞く限り、あの時の選択は間違っていた。

「大丈夫なの？　あんたと同じで頑固そうな性格してそうだけど？」

マロンがじっと俺を見つめてくる。俺はそこまで頑固ではないと思うぞ。

「せっかく戻ってきたお兄ちゃんと、もう一度離れ離れになるなんて、納得できるとは思えないよね」

グロリアも客観的な意見を述べる。

実際、二人の判断はこれからそうなるだろうという予想とずれていないので、言われるたび、俺の胸に重いものが圧し掛かる。

「こうなったら私が……」

「いや、ややこしくなるからやめてくれ」

サーシャはガーネットと同じか、それ以上に人見知りする。初対面の人間の説得など聞き入れるわけがない。

「皆は父さんと母さんと話をしていてくれ」

そう言うと俺は立ちあがり、サーシャの部屋のドアをノックした。


「サーシャ、入るぞ」

部屋に入ると、懐かしい匂いが漂ってきた。ミルクのような甘い匂いが鼻腔をくすぐる。木の机の上には一輪の花が挿された花瓶があり、他には小川で拾った綺麗な小石が幾つか散らばっている。

クローゼットの上に置かれているお姫様のぬいぐるみは、お世辞にもできはよくないのだが、小さいころから大切にしていたので、まだ持っていたことに驚いた。

俺が帰宅しているにもかかわらず、一向に姿を見せないサーシャ、俺の顔を見にもこないのでどういうことなのかと思っていたが、ようやく謎が解けた。

「スースースー」

気持ちよさそうな寝息が聞こえる。どうやら妹は夢の中に旅立っていたようだ。

「寝ている姿は可愛いんだよな……」

いつも俺の後ろを付いて回り、わがままばかり言って困らされることも多かったが、寝顔は天使のようだ。そんな妹も十歳になったのだと思うと、成長を傍で見守ることができなかったのを残念に感じた。

俺はベッドに近付くと、腰を下ろし妹の頭を撫でた。

「んっ……」

俺が触れたことで起こしてしまったようで、サーシャはムクリと起き上がり、目を擦るところを見る。

「よっ、久しぶり」

再会した妹に何と声を掛けるべきか悩んだが、今更取り繕っても仕方ない。昔通りの態度で接することにした。しばらく固まっていた妹だが、段々と意識がはっきりしてきたようで……。

「お兄ちゃん！」

「ごふっ！」

思いっきり腹に頭突きをして抱き着いてきた。

「お前っ、急に抱き着いてくるな！」

ぐりぐりと頭を押し付けてくる。肩を震わせており、泣いているようだ。

「お兄ちゃんがいきなりいなくなったからでしょ！」

顔を上げた妹は目に涙を溜めながら怒鳴った。その表情を見ると、サーシャにどれだけ寂しい想いをさせてしまったのかがわかる。

「悪かったよ」

自然と俺は頭を下げていた。サーシャの涙を見て、自分がどれだけ酷いことをしたか理解したから。

日々をともにすごした兄が、ある朝目覚めたらいなくなっている。サーシャにとっては悪夢以上の出来事だったに違いない。

そんな思いをさせた時点で、俺はサーシャに負い目がある。

「もう、絶対に、どこにも行かないで」

腰に手を伸ばし、強く抱き着くサーシャ。その手は震えており、ふたたび俺がどこかに行くのをおそれているようだった。

「ああ、今度は絶対、黙っていなくならないから」

俺は妹が落ち着くまで、ずっと頭を撫で続けるのだった。


「とりあえず、少しこの村に留まろうと思う」

あれから、サーシャを連れて部屋を出た。妹は俺の手を握り、空いた方の手で顔を擦り涙を拭いている。

本来なら、両親に話した段階で戻るつもりだったのだが、流石にこの状態のサーシャを突き放して王都に戻るわけにはいかない。

最悪、彼女たちには先に戻っていてもらおうと考えているのだが……。

「私は全然構わないですよ。ティムさんがいる場所が私の居場所ですから」

忠犬のごとく、まったくためらうことなく言ってのける、ガーネット。

「まあ、たまの休暇は必要よね」

マントを脱ぎ、寛いでいるマロン。

「妹さんと一緒にいてあげて」

グロリアも優しい目をサーシャへと向ける。サーシャはグロリアと目が合うと、慌てて俺の背中に隠れた。

俺はサーシャに三人を紹介する。

「サーシャ、この三人は俺の冒険者仲間だ。最近も一緒にダンジョンに潜ってボスを討伐したんだぞ。凄いだろ？」

妹に対して、自分が冒険者として活躍できているとアピールしておく。少しでもあの噂を払拭し、サーシャを安心させるためだ。

「よろしくね、サーシャちゃん」

「しばらくこの家に世話になるわ」

「私はティム君と仲が良いの。お姉ちゃんって呼んでくれてもいいですよ」

それぞれがサーシャに話し掛けるのだが、グロリアたちの親し気な態度と俺を交互に見た妹は次第に表情を険しくしていき、

「サーシャこの人たち嫌い！」

サーシャは三人を睨みつけるのだった。

★

「はぁ、嫌われてしまいましたね……」

ティムの実家の客室で、ガーネットは嘆くと枕に顔を埋めた。

「仕方ないわよ。あの娘にしてみたら、私たちは『大好きなお兄ちゃんを奪った泥棒』みたいなものだし」

マロンはブーツを脱ぎ、足をぶらぶらさせる。サーシャの表情の変化と兄に対する視線から、考えていることを読み取った。

実際、似たような反応を田舎の村から出る時にも体験済みだったりする。

「仲良くなれるかと思ったんだけどなぁ」

グロリアは残念そうな顔をした。故郷でも小さい子に対する受けがよく、年下から面と向かって罵倒されたことがなかったのでショックらしい。

「あいつ、相当妹に頭が上がらないみたいだから、長期滞在も覚悟した方が良さそうね」

あらかじめ話を聞いていたマロン。ティムは妹の反対を振り切って冒険者になったらしく、サーシャが寝ている間に黙って出て行ったことに負い目を感じている。

同じことを繰り返すはずがないので、サーシャが納得しない限り、ティムは決して村から離れることはしないだろう。

「それにしても、お店もろくにないですよね？　明日からどうしましょうか？」

都会育ちのガーネットにしてみると、店がなければ暇も潰せない。明日からの予定を考えるが何も思い浮かばなかった。

「ティムに村長の家にでも連れて行ってもらったら？　こういう田舎だと本を所有してるのは村長くらいだし」

田舎の村での生活は、晴れていれば農作業、雨の日は読書くらいのものだ。マロンはガーネットに村での暇の潰し方を教えた。

「私は、久しぶりに花でも摘んで染料を作ろうかな？」

道中見かけた花畑をグロリアは思い出す。その花から鮮やかな色の染料を作ることができるので、グロリアは昔ながらの趣味にいそしむことにした。

「マロン先輩はどうするんですか？」

ガーネットはムクリと起き上がるとマロンの予定を聞いてくる。自分に読書という選択肢を与えたわりに一緒に本を借りに行く気はないらしいので、他にやりたいことでもあるのではないかと思った。

「私は……そうねぇ」

マロンは少し考えると、自分の予定について口にした。

★

「おい、妹よ。歩き辛いぞ」

俺は横を見ると、ピッタリと腕にしがみ付くサーシャに抗議する。

帰郷してからここまで、サーシャは本気で俺から一切離れようとしなかった。

食事の時もそうだし、寝る時も同じベッド。夜中にトイレに行くのもしっかり付いてきた。

「お兄ちゃんは目を離すとあの人たちといなくなる」

過去に置き去りにしたトラウマが残っているからか、俺がどれだけ「勝手にいなくならない」と言っても信じてくれない。

「サーシャを置いて、いなくなったりしないから、安心しろ」

疑わし気な目で見上げてくる。俺はサーシャの頭を撫でる。

目を瞑り、全身を俺に預けてくる妹、こういう甘える仕草は本気で可愛いので、俺は妹が満足するまで頭を撫で続けた。

「とりあえず、せっかく帰ってきたんだから、ゆっくりすごそうな」

俺は妹をぶら下げたまま、目的の場所へと向かうのだった。


「あら、ティムもきたのね？」

村を出て、しばらく歩いた場所にある渓流の、大きな魚が釣れる穴場だ。

そんな場所にマロンがいたことに俺は驚く。

「一体、どうしてここに？」

ここが穴場だと話した記憶はないし、知っているのは俺とサーシャだけ。なぜマロンが先回りできたのか聞いてみた。

「この岩場の配置といい、幅の狭さ、流れの速さ、ここは間違いなく一級の釣りスポット。でしょ？」

不敵な笑みを浮かべるマロン。どうやら彼女も相当の釣り好きらしく、この場の価値を見抜いて足を運んだのだという。

「……お兄ちゃん？」

二人っきりですごせると思っていた妹から冷たい視線を向けられる。別にマロンと約束していたわけではなく、たまたまなのだが、サーシャには俺とマロンが示し合わせたようにしか見えないのだろう。

「いや、待て、サーシャ。昨日ずっと一緒にいただろ？　別に俺がマロンを誘ったわけじゃない」

せっかくよくなったサーシャの機嫌が一瞬で悪くなる。俺の言葉など信じていないかのように、頬を膨らませ不満を前面に押し出す妹。俺はマロンに弁明を頼みたく、彼女の方を見るのだが……。

「あ、当たったわ」

彼女はそんな俺の視線に気付くことなく釣りをしていた。どうやら、魚が食い付いたらしく、楽しそうにしている。

竿の先端が動き、マロンは素早く反応するとしゃくる動作をする。餌に食い付いた魚に釣り針を引っ掛けるための動作だ。

「よし、引っ掛けた！」

竿を引っ張り、魚と駆け引きを始めるマロン。持っている竿は即席のため、力の加減を間違えれば折れ、魚を逃がしてしまうだろう。

川を見ていると飛沫が立ち、魚が抵抗しているのがわかる。魚影を見た限り、大物がかかっているようだ。

「マロン、網で補助するか？」

俺は彼女に手伝いが必要かどうか確認をする。

「……結構……よっ！　お蔭様で、力もついてる……しっ！」

僧侶のレベルが上がった時のSTで筋力も上げている。今の彼女ならよほどの怪魚でなければ力負けしないだろう。

しばらくの間、引き合っていると、魚の動きが段々鈍くなってきた。

「そろそろか……ここっ！」

一気に竿を持ち上げると、水中から魚が釣り上がり弧を描く。砂利に落ちた魚を俺とサーシャは見ると、

「「おおっーーー!?」」

二人同時に叫んでいた。

これまで俺が釣り上げた魚より一回り大きい。サーシャは目を輝かせると魚をじっと見続ける。

「ふっ、なかなか良い戦いだったわね」

釣り上げた獲物を見て、マロンは満足そうにする。しばらくすると川辺に沈めていた網に魚を入れ、逃がさないように紐を縛った。

「どうやら今日は釣れそうだな、俺たちもやるか」

「うんっ！」

俺たちは頷くと、少し離れた場所で釣り竿を並べるのだった。

「お兄ちゃん、飽きた……」

先程から、妹のつまらなそうな視線を受けている。水の流れも激しく水音が耳を打つ。何度か違う場所に釣り針を投げ込むのだが、仕掛けにピクリとも反応がなかった。

元々、釣りに興味がないサーシャにしてみれば、魚が掛かるまでじっと待つ時間というのは退屈極まりないことなのだろう。

「まあ、釣りは一日で何匹か釣れればいいくらいだしな。この渓流に魚があまりいないんじゃないか？」

俺が釣りの神髄をサーシャに説くと、妹は視線をずらしマロンを見る。

「また釣れたわよ。ここ、本当に入れ食い状態ね！」

俺の言葉を否定するかのようにマロンは先程から魚を釣りまくっている。あれだけ立て続けに釣れれば楽しいに違いない。普段に比べ生き生きとしている。

「もしかして、竿が良くないのかも？」

久しぶりの釣りということもあり、納屋に放り込んであった竿をそのまま持ってきてしまった。手入れをしていないのでそのせいではないかと考える。俺がそう結論を出している間に、サーシャは竿を置くとその場を離れていた。

「ん、どうしたの？」

サーシャが俺の隣を離れ、マロンの真横に立っていた。子どもは楽しそうなもの、興味があるものに惹かれるのでこの状況では無理もない。

「もしかして、釣りを教えて欲しいのかしら？」

マロンの質問に妹は頷く。しばらくの間、サーシャを見ているマロン。昨晩「嫌い！」と言われているので気を悪くしているのかもしれない。

ところが、彼女はサーシャをじっと見て、ふっと笑うと……。

「なら竿を持ってきなさい。軽く教えてあげるわ」

どういうわけか、釣りを教える気になったようだ。サーシャが走ってきて置きっぱなしになっていた竿をひっ掴んで離れていく。

マロンは竿を受け取り、全体を見て、針に付いている餌を確認すると、目の色が変わった。

「何これ？　こんな餌じゃ駄目でしょう」

呆れた表情を俺に向けてくる。そしてサーシャに向き直ると、

「いい？　こうやって岩をどかすとね、川魚の好物が一杯いるのよ」

大して力を入れずに岩をどけたマロン。岩の下にいる虫を掴んでサーシャの竿の針に餌を付けてやった。

「さあ、投げてみなさい」

サーシャは素直に従うと竿を振る。少し離れた場所でポチョンと音がした。

「いい？　ただ闇雲に釣り針を投げればいいと思わないことよ。今付けた餌を美味しそうに動かすことがポイントなの」

「こう？」

サーシャが前でマロンが後ろから抱きかかえるように竿を持っている。

「うーん、もう少しゆっくりの方がいいわ。食い付こうとしている魚が追いかけてこれなくなっちゃうから」

マロンは丁寧に妹の面倒を見る。口調こそ少しきついが、真剣に向き合ってくれているからか、サーシャは指示をよく聞き、素直に従っていた。

「なんか、ぴくぴく反応してるっ⁉」

これまでと違う感触が竿から伝わってきたようだ。サーシャが興奮していると……。

「まだよ、落ち着きなさい。今魚が餌をつまみ食いしているところなの。ここで慌てて動かすと逃げちゃうから、溜めて……溜めて……今よっ！」

マロンの合図と同時に竿を引っ張った。

「わわわっ、引っ張られる！」

竿が曲がり、糸が張る。水面《みなも》からは魚が暴れる水音が聞こえてきた。

「あとは引き合う勝負よ！　だんだんと岸から離れながら魚を引き寄せるの。足元、転びやすいから気を付けるのよ」

「う、うん」

もはや俺のことを忘れているかのように二人は盛り上がっている。その間、俺の竿はピクリとも動かない。

「うーんしょ！　ううう、これ以上引っ張るの怖い！」

魚の抵抗が激しいのか、足場が滑るからか、サーシャは力を入れて転ぶのを怖がった。

「転ばないように支えてあげるから！　あと一息！　思いっきり行きなさい！」

「わ、わかった」

まるで姉と妹のような距離間に俺はもやもやしてきた。少しして、魚が釣れ上がる。

「やった！　やったよ、お姉ちゃん！」

「よくやったわよ！　妹！」

満面の笑みを浮かべる姉妹――いや、マロンとサーシャ。

「あっ……」

自分の距離がいかにも近いことに気付いたのか、サーシャは表情を取り繕う。マロンから視線を外し、気まずそうな顔をするのだが……。

マロンは釣れた魚を俺が用意していた網に入れ水中に沈める。

「何ぼーっとしてるの、今なら魚がいるんだからどんどん釣るのよ」

「う、うん！」

　有無を言わせぬマロンの指示に、妹は従うのだった。

「ほぉっ！　久々にティムが釣った魚を食べたが美味いものだな」

「本当に、穴場だからって場所を教えてくれないんだから。こんな大ぶりの魚を捌くの久しぶりだったわよ」

「いや、俺は……」

　両親の楽しそうな声を聞きながら、俺は口を噤む。

「ええ、ティムの釣った魚、美味しいわね」

　マロンがからかうような顔で俺を見てくる。あの後、俺の方はまったく釣れず、現在テーブルに並べられている魚はマロンとサーシャが釣ったものだったから。

「ん、どうしたんだ、サーシャ？　何を笑っている？」

　父がサーシャの表情に気付き、話し掛ける。

「ニシシ、何でもないよ」

　サーシャは魚の身を美味しそうに食べると、マロンに笑顔を見せた。

「サーシャ、あまりよそ様に迷惑掛けるんじゃないのよ」

「私は別に構わないですよ」

マロンにすっかり懐いてしまったサーシャは、彼女の横に座っていた。サーシャの口元が汚れていることに気付くと、マロンはハンカチを取り出し、それを拭った。

「んぐっ、ありがとう、お姉ちゃん」

前日までの俺のポジションが完全にマロンに奪われている。妹のあまりにも早い変わり身にちょっと寂しさを覚えた。

「むむっ、マロン先輩どうやって……」

ガーネットが二人を見て、眉根を寄せ複雑そうな声を出した。

「マロンは村でも年長として、小さい子どもたちの面倒を見ていたから、色々と慣れているんだよ」

グロリアがガーネットにそう説明をする。なるほど、天然の年下キラーというわけか……。

俺は自分の妹を一瞬で奪われ、釣り場を荒らしたマロンに再戦を申し込むか悩みながら、久しぶりに食べる故郷の魚を味わうのだった。


「今日は山菜を採りに行くわよ」

「おおー！」

ズボンに長袖のシャツを身に着けたマロンがそう主張した。動きやすい格好をしていて、山に向かう準備万端だ。

その後ろでは、なぜか準備を済ませたサーシャがいて、右手を上げ張り切っている。

「山菜なら、私も探すの得意だよ」

妙に乗り気でサーシャに話し掛けるグロリア。どうやらマロンに対抗意識を燃やしているようで、妹の気を引こうとしているのかもしれない。このままグロリアにまで懐かれてしまうと、兄としての存在感がなくなってしまいかねないと危機感を覚えた。

「途中、ホーンラビットがいたら狩りましょう」

一方、ガーネットはと言うと、狩りを希望し、腰の剣をポンと叩いた。フローネの料理を思い出したのか、口元が緩んでいる。

ひとまず、グロリアやガーネットは置いといて、俺はマロンに視線で訴えかける。サーシャを手懐けようと積極的に動く意図を知りたかった。彼女は俺に顔を寄せるとヒソヒソと小声で話し掛けてきた。

「せっかく懐いてくれたんだから、ここでいっぱい遊んで、あんたが冒険者を続ける許可をとるのよ」

単に遊びたいだけではなく、サーシャを説得してくれるつもりらしい。そう簡単にサーシャが頷くとは思えないが、それでもどうすればいいか考えてくれるのはありがたい。

「というわけで、今日は山がはげるくらい採るわよ！」

気合に目をぎらつかせるマロンを見て、本当に俺のためなのだろうかと疑問が浮かんだ。

「ティム、とりあえずこれだけ仕舞っておいて」

目の前に積み上げられた山菜を、俺は『アイテムボックス』へと仕舞う。

「うっ……流石マロン、腕は鈍ってないみたいだね」

グロリアの籠にも山菜が入っている。一人で採ったにしては多い方だが、マロンの規格外の前には霞んでしまうようだ。

「私とティムさんだって結構狩りましたよ！」

狩猟を担当したのは俺とガーネット。小鹿やホーンラビットなど、結構な数を狩っている。

今回、マロンに後れを取るわけにいかなかったので、『地図表示』『索敵』を併用して狩りに利用した。お蔭でわざとらしく積み上げている狩りの成果に対し「お兄ちゃん、すごーい！」と妹から称賛の声をもらっている。

「まだ時間早いけどどうする？　十分に獲ったから戻る？」

マロンが確認してくる。それ程時間が経ったわけではないが、食べきれないだけの食糧を確保した以上、この場に留まる必要はなかった。

「それなら戻ってから飯も面倒だし、食べて行こう。この先に小屋があるから」

俺は皆に促すと、子どものころから使っている小屋へと案内した。

「もう少ししたら肉が捌けるから、マロンはそろそろ火を起こしておいて」

慣れた手つきで獲物を解体していくのはグロリア。彼女はテキパキと料理にいそしんでいた。

「私も何か手伝いますよ。リア先輩」

そんなグロリアに、ガーネットは手伝いを申し出た。

「あー、ガーネットはほら、味見係とか……?」

小屋に着き、外にあるレンガが積まれた設備で料理を作り始めると、ガーネットは目を輝かせながら「私も料理したいです」と主張した。

最初は了承したグロリアだったが、あからさまに毒性の高い食材をそのまま使おうとしたり、調味料を無駄に投入した時点で戦力外扱いを受けた。

「ううう、フローネさんの料理を見てたからできるはずなのに……」

比べる相手が悪い。フローネの料理はまるで魔法のように素材の味を引き出していた。食材の状態や調理のポイントを見極める目がなければ、あの味を出すことはできない。

グロリアは一口サイズに切ったホーンラビットの肉を串に刺していく。間には先程採った山菜を挟んでいる。

「火が付いたわよ」

バーベキュー台でマロンが呼んでいる。サーシャと一緒に薪から火を起こしていたのだ。妹は達成感を覚えて嬉しそうにしている。

俺たちはグロリアが用意した串を運び、肉と野菜を焼き始めた。

「うん、美味しい。調味料もこれだけ運べると便利よね」

頬に手を当てたマロンが美味しそうに串焼きを食べている。俺の『アイテムボックス』に調味料を保存していたお蔭だ。

「お兄ちゃんも凄いんだね」

先日の釣りで失った妹からの尊敬の眼差しが復活した。マロンが上手くフォローしてくれたのだろう。彼女には御礼を言わなければなるまい。

「ほら、サーシャ。顔にソースがついてるぞ」

俺はアイテムボックスから手拭いを取り出すと、水で濡らし彼女の頬を拭いてやった。

「んぐっ、えへへへ、ありがとう、お兄ちゃん」

されるがままになり、汚れを取ると笑顔を向けてくるサーシャ。

「本当に仲良い兄妹なんだね」

グロリアが微笑ましげな様子で俺たちを見ていた。

「リア先輩は、兄弟はいないんですか？」

ガーネットがグロリアの家族構成に興味を持った。

「家は姉妹だけ、私は二番目なの」

どうやら次女らしい、グロリアの家族の話を聞くのは何気に初めてだ。

「私は姉だけですね。三女になります」

ガーネットの家族については、ウイングさんから聞いているのだが、結構長い間、パセラ伯爵家の世話になっているのに会ったことがなかった。

「上の姉は家を継ぐために留学中で、下の姉は……まあ」

笑って誤魔化す。ウイングさんやエミリアさんも同じような態度だったので複雑な家庭の事情があるのは明白だ。グロリアもこれ以上突っ込んだ話はしない方がいいと判断し、それ以上何も聞かなかった。

「それにしても、やっぱり田舎は良いわね。こうして自由にできるんだから」

釣りや山菜採りをして、野外で肉を焼いて気ままに食べる。マロンは村での生活を誰よりも満喫していた。

「でしょ！　マロンお姉ちゃんも一緒に住もうよ！」

「えっ？」

サーシャがマロンの腕に抱き着く。

ここぞとばかりにサーシャはマロンを勧誘し始めた。まさか説得するつもりが説得されてしまうということはないだろうが、妹のおねだりは強力なので、断るのはとても強い意志が必要になる。

「うーん、でもなぁ」

案の定、マロンは困った顔をして考え込む。時間を稼ぎ、サーシャが傷つかない断り方を探しているのだろう。そんなマロンの態度に業を煮やしたサーシャは、おそろしいことを言い出した。

「お兄ちゃんと結婚すれば解決だよ！」

「ぶっ！」

「ごふっ！」

「はっ？」

ガーネットとグロリア、それに俺の声が重なる。

「いやいやいや、それはあり得ないでしょう」

マロンが手を振って否定する。理路整然とした態度ではなく、普段より慌てている様子が珍しい。

「なんで？　サーシャ見ててわかるよ。マロンお姉ちゃん、お兄ちゃんのこと好きでしょ？」

きょとんとしてとんでもない発言を次々に投げつける妹。その目は完全に節穴だ。

「何でしょうか、この『安全だと思っていた相手が実は最大のライバルで、牽制しあっている間に横から掻っ攫われそうな状況』って」

ガーネットが何やらぶつぶつと呟いている。目が虚ろになっていて、ちょっと怖い。

「ほら、マロンって要領が良くて面倒見もいいから、小さい子に好かれるだけで……、別にティム君を狙ってるわけじゃないし」

ガーネットとグロリアが身を寄せ、何やらボソボソ呟いている。何か相談事でもしている様子だが小声なので聞こえない。

「こういうふうにゆっくりするのはたまにだからいいのよ、毎日だと物足りないわ」

どうにか冷静さを取り戻したマロンは、妹の頭を撫でると諭してみせる。

「そんなぁ……」

心の底から残念そうな声を出すサーシャ。実の兄を差し出してまでマロンと一緒にいたいというのか……。

内心で、サーシャは俺とマロンどっちが大事なのか、はっきりさせねばならないと考えていたのだが……。

「ん？」

「どうしたんですか、ティムさん？」

「いや、今一瞬、揺れたような？」

酒は呑んでいないのでおかしいと思い、首を傾げていると……。

――ゴゴゴゴゴゴゴッ――

「地震⁉」

「きゃあっ！」

「結構揺れてる！」

突如、大きな揺れが俺たちを襲った。

「バーベキュー台が倒れるのはまずい『アイスアロー』」

へたに炭が飛び散ると近くのサーシャやマロンが火傷する。俺は威力を限界まで落としたアイスアローを放ち、消火しておいた。

「益々揺れが大きくなっていますよ！」

「やだ、崖の上から砂が降ってきたわよ！」

「お姉ちゃん、怖いよぉ」

森の動物たちもざわめき、全員が周囲に意識を払い、危険がないか注意していると、唐突に地震が止んだ。

「怪我した人はいませんか？」

グロリアの声に全員お互いを見る。怪我をしている者はいない。バーベキュー台が倒れ、肉が散らばってるのが見える。火を消しておいて良かった。

「上から大量に落ちてきた砂のせいでホコリまみれになったわ」

「ぺっぺっぺ、うぇっ、口の中に入ってるよぉ」

先程までマロンたちがいた場所は崖が崩れ、土砂が流れてきている。彼女がサーシャを引っ張ってくれなければ生き埋めになっていたところだ。

「ねえっ！ あれ、何？」

グロリアが崩れた崖を指差す。土砂のことを言っているのかと思ったのだが、指先を追うと上の方に黒い影が見える。

「崖が崩れて洞窟の入り口が出てきたんじゃ？」

予期せぬ事態に、俺たちは顔を見合わせた。

「やっぱり、これダンジョンじゃない？」

土砂をどけ、入り口がはっきりすると俺たちは同じ感想を抱く。

「さっきの地震で崩れたのは入り口を塞いでいた部分だけで、中は壁の造りがしっかりしていますよ」

中を覗き込んだガーネットが様子をつたえてきた。

「でも、もしこれがダンジョンだとしたら……」

基本的に、ダンジョンがある場所は発展する。自分たちで農作物を育てたりして生活に必要な物を得る村とは違い、ダンジョンからは様々な資源を得ることができる。

モンスターのドロップアイテムを目当てに冒険者が集まるため、宿ができ、武器防具の修理のために職人も滞在する。

資源の買い取りに商人が訪れ、それらの人間を集客するため酒場が、などと、とんとん拍子に発展するのは、これまでの歴史を振り返れば明らかだ。

ましてや、自然発生した新しいダンジョンではなく、昔から存在しているダンジョンともなると、どれだけ深層まで延びているのかもわからないので、より良い資源を得られる可能性が高い。

「ひとまず、中を確認してみるというのはどうでしょうか?」

ガーネットがそう提案する。

ここがただの洞窟かダンジョンなのか、中の様子を確認して村長に知らせるべきだろう。

「その前に、サーシャを家に帰さないとな」

中にはモンスターがいたり、罠があったりするかも知れない。俺たちは冒険で慣れているが、冒険者でない妹を連れて行くわけにいかない。

「サーシャだけ仲間外れは嫌っ!」

「危険があるかもしれない場所に、お前を連れて行けるわけないだろ!」

大抵のわがままは聞いてもいいが、ダンジョン探索を甘く見るのは駄目だ。

「ううう、お兄ちゃんの意地悪! 嫌い!」

サーシャは目に涙を溜めると、マロンに抱き着いて胸に顔を埋めていた。

「ちょっと中に入って様子を見るくらいならいいんじゃない？　ここがただの洞窟の可能性もあるわけだし、私たちもダンジョンだと確信を得たら、それ以上進まない方がいいわけだし」

間に挟まれたマロンは、困った顔をするとそう提案する。

未知のダンジョンを発見した者は、まず冒険者ギルドに報告する義務がある。そこから調査の予定が組まれ、高ランク冒険者が潜ってダンジョンの難易度や地図を作ったりするのだ。

ダンジョンがあることを隠したり、勝手に探索を続けた場合は罰則もあるので、なかったことにはできない。

この村に冒険者は俺たちだけ、いずれにせよ調査してからでないとギルドに報告もできない。

「サーシャのことは私が守ってあげるから、ね？」

彼女がそこまで言うのなら信頼するしかない。マロンの言葉に、俺はしぶしぶ頷いた。

「お姉ちゃん、好き！」

憎まれ役をかって出た俺とは違い、マロンの評価が上がった。

「ダンジョンかどうかはっきりさせるだけだ！　マロンとグロリアはサーシャの傍から絶対に離れないでくれよな」

万に一つもサーシャが怪我をするようなことがあってはならない。

「任せて、サーシャちゃんには怪我一つさせないから」

俺たちは気合を入れると、洞窟に入ることにした。

目の前に浮かんでいる『地図』を確認しながら、前後の動きにも気を配っている。

俺の『索敵』は敵対する存在を赤い点で表示してくれるのだが、それにも条件がある。一度通った場所であるということだ。

そんなわけで、前からの不意打ちは仕方ないのだが、今回俺は、今まで以上に後方に気を遣って敵がいないか確認している。

「ティムさん、前から何か来ます‼」

ガーネットからの忠告の声が聞こえる。彼女は耳がいいので、なんらかの生き物が動く音に反応したのだろう。

「マロン、グロリア。頼む！」

俺はミスリルの剣を抜くと、ガーネットの援護をするため前に集中した。まもなく、モンスターが姿を現す。

「いやああああああああああああああああっ！」

ガーネットの悲鳴が上がり、物凄い速度で走り抜けると俺の背中に隠れた。

現れたのは両側に無数の脚をもつ胴長のモンスターだった。

「【カデム】ね、左右の足には毒があって、相手を麻痺させてからゆっくりと捕食するタイプのモンスターよ」

マロンがモンスターの情報を俺たちに聞こえるように説明した。

「無理無理無理無理！　ティムさん！　もう逃げましょう！」

俺の背中に隠れ、ぐいぐいと前に押し出すガーネット。怖がりながら拘束してくるので、こちらの方が厄介だ。

「大丈夫、そんな見た目してるけど、多分弱いから」

モンスターがいたことから、ここがダンジョンであることはほぼ確定した。これ以上進む必要はなく、後はヴィアのサロメさんに報告すれば対処してくれるだろう。

『ギギギギギギ』

「きゃ、きゃあああああああああああっ！！！」

カデムが立ち上がり威嚇してきた。口の中に無数にうごめく歯があり、俺たちはその気持ち悪い動きを正面から見てしまう。

「痛いっ！　ガーネット、肩が痛い！」

オーラで身体能力を全開にしたガーネットが力を入れたので、肩からミシミシと音が聞こえる。俺には目の前のカデムよりガーネットの方が脅威に思える。

「おい、しがみ付くなっ！　武器が振れないだろっ！」

「だって、だって！」

急だったので防具を身に着けていない俺たち。背中から腕を回し強く抱き着かれているせいで危なくて剣を振ることができない。

気が付けば目の前にカデムの口が迫っている。長い歯が不規則に揺れ近付き、このままでは頭からぱっくり噛み付かれてしまう。俺はその時が迫り目を閉じると……。

「『ファイアアロー』」

火の矢が飛び、モンスターを直撃する。カデムは頭が火だるまになると苦しそうな鳴き声を上げ、後ろに下がった。地面に倒れたカデムはしばらくの間バタバタと身体を動かし、やがて絶命する。

「まったく、何やってんのよ」

振り向くと、魔法を撃って呆れた様子を見せるマロンと、

「ふわぁ……格好いい」

そんなマロンに、サーシャが憧れの目を向けていた。

四章

物々しい雰囲気が漂う中、その場に集められた人たちは誰一人口を開くことなく座っている。

村の中心にある広場、ここは収穫祭を行ったり、行商人などが店を出す場所で、有事の際には村の集会場として利用されることもある。

そんな場所でかがり火が焚かれ、村中の人間が集まっていた。

「それで、ティム。重大な問題とはなんだ？」

集まった村人の大半が事情を理解していない中、村長が質問をした。

「先程の地震で、この村から少し離れたところにある、資材置き場裏の崖が崩れダンジョンが発見されました」

「なんじゃと⁉」

村長は開眼させると、驚きの声を上げた。

「ダンジョンと言えば、中から凶悪なモンスターが出てくる、危険極まりない災厄ではないか！　そんなものがこの村に……」

周囲の村人も、互いに顔を見合わせ不安そうな表情を浮かべる。俺は皆の不安を払拭するため、正しい情報を告げることにした。

「確かに、ダンジョンはモンスターを生み出します」

村で暮らしている人間はダンジョンそのものに縁がない。元々、冒険者でなければ、ダンジョンに一生潜ることもないので、村などに住む人間の知識は随分と偏っているようだ。

「だけど、正しく管理すれば、そこまで危険なものではありませんよ」

ヴィアや王都では、モンスターが湧き出した時のため、囲いと門が用意されていた。他にも、冒険者ギルドが用意したマニュアルに沿って、何かトラブルが起きた時の対処方法も決められている。

「そこまで危険でもない？　馬鹿を言うなっ！　ワシの祖父は言うておったぞ、ある日突然大量のモンスターが溢れてきて周囲の村を壊滅させたと」

確かに、過去にそう言った事件――スタンピードが発生したこともある。だが、それは人がダンジョンというものを正しく知らなかった数十年も前の話、人類はダンジョンに対する正しい知識を身に付け、制御する術を手に入れている。

「それは過去の話です。最近ではスタンピードが発生した話も聞きませんし、仮に起きた場合でもマニュアルに従って鎮めることができるようになってます」

ダンジョンの歴史とスタンピードについては、授業で教わっている。先人がダンジョンに関する研究を深める中で、あまりにもダンジョンを放置しすぎた結果として起こる現象だと結論が出ている。

つまり、定期的に冒険者をダンジョンに入れ、モンスターを間引けば問題ないのだ。

俺は自分が習った知識を、村人に説明するのだが……。

「とにかく、そんな物騒な入り口は塞ぐのじゃ！　村の男衆ども！　今から全員で取り掛かってこい！」

恐怖で頭がいっぱいなのか、俺の話を聞いてくれない。

村の男たちは不安そうに顔を見合わせる。モンスターがいる場所に近寄りたくないのは明白だ。俺がもう一度村長に説明しようとしたところ、

「ちょっとお待ちください」

グロリアが立ち上がった。

「何じゃいきなり？」

「私は、Cランク冒険者のグロリアです。そこにいる、この村出身のティム君とパーティーを組んでいます」

周囲の村人がざわざわと騒ぎ出す。ダンジョンの知識はなくとも、冒険者ランクがあることやCランクがそれなりの評価を受けなければなれないことは知っている。グロリアは自身のランクを言うことで言葉に説得力を持たせた。

「ダンジョンを発見した場合、まず、近くの街に報告する義務があります。これは、国がダンジョンを資源として活用する目的があるからです」

村人が落ち着いたのを確認すると、グロリアは国が決めたルールを説明する。

王都や街などに出回っている生活必需品の元をたどると、ダンジョンでドロップした資源で作られている。

包丁や鍋などの調理器具は『物質系ダンジョン』で採れる金属、調味料やワインなどは『植物系ダンジョン』で採れるドロップアイテム。衣類や寝具に使われる毛皮や布などは『獣系ダンジョン』で採れるドロップアイテム。

実際、この村にも行商人が訪れ、生産物を売買しているし、ダンジョンの恩恵を受けていない者は世界中に誰一人もいない。

「なので、国に報告しない場合は厳罰を受けることになります」

国の領地で発生したダンジョンは国の管理となる。黙っていた場合は資源を独占したということになり処罰される。グロリアはそのことを村長に説明した。

「し、しかし……むぅ」

それでも村長は悩んでいた。ここでマロンが説明を引き継ぐ。

「さっき村長さんが言ったダンジョンからモンスターが溢れてくる現象は『スタンピード』って言うんだけど、あれ、ダンジョンのモンスターを間引くのが間に合わなくて出てくるのよ。だから今更穴を埋めたって、ダンジョン内に出現したモンスターが外に溢れる可能性が消えるわけじゃないわよ」

マロンが村人に聞こえるようにダンジョンの仕組みについて説明をする。

それを聞いた村人は真っ青な顔をした。自分や家族がモンスターに襲われる姿を想像してしまったのだろう。

「だから、ダンジョンが発見されたら、一刻も早く国に報告して、冒険者にモンスターを狩ってもらわなければならないのよ」

そうしなければ、いずれモンスターが溢れ出し、村を飲み込んでしまうだろう。マロンは、そのことを強調して皆に告げた。

すっかり黙り込む村長だが、いまだにダンジョンを受け入れるという考えに賛成できないようだ。

「どうして、そこまで拒絶するんですか？　ダンジョンが発見された村は例外なく発展すると決まっているんですよ」

ガーネットが理由を聞く。

これは村にとってもチャンスなのだ。農作物以外で収入を得ることができるようになれば、生活も裕福になる。ただ村で変化のない人生をすごすより、刺激的な生活を送ることができ、自由な時間も増えるだろう。俺は村の人々が何を躊躇っているのかが気になった。

「冒険者どもがな……」

村長は眉根を寄せると苦しそうに声を捻り出した。

「横暴な冒険者に、村を荒らされる」

「そこらに魔法を放ち破壊しておきながら、片付けるのは私たち」

「子供にも危害を加えてくるかもしれない」

村長の一言をきっかけに、周囲の村人も自分の意見を言い始める。

「それは……」

あまりの勢いに、ガーネットは俺の服を掴むと不安そうな表情を浮かべる。

かつて、俺がダンジョン内の狩場で揉めたように、ガーネットが他の冒険者に横暴に振る舞われたように、冒険者の中には自分さえよければという連中が多数存在する。

勿論、冒険者ギルドの方でもそういう人間はできる限り把握するようにしているし、指導もしているのだが、目の届かない辺境では管理しきることはできない。

実際、この村では最近、ビッグボア討伐を冒険者に依頼しており、その時に畑やら牧場やらに被害が出たらしく、冒険者に対する印象は最悪に近くなっていた。

俺たちが訪れた際も、皆、警戒した様子でこちらを窺っていたくらいだ。

「冒険者だって色々います！　皆が利己的なわけじゃなく、人を思いやる冒険者だって沢山いますよ」

ガーネットの言葉は村の誰にも届かなかった。

「ワシらは平和に生きたいのだ。もし、ティムの言うように発見されたのがダンジョンなら、多くの冒険者がここにくる。そして農作物を盗んだり、迷惑な行為を働いたりするかもしれん」

俺は村長の言葉を否定できない。マロンやグロリアにガーネットも同様に険しい表情を浮かべている。

彼女たちは、まさにその冒険者から嫌がらせにも似た形で言い寄られていたし、俺も無能とそしりを受けていた。

「いずれにせよ、国に報告しなければ村ぐるみで処罰されますよ？」

誰もが黙る中、マロンが事実を突き付けた。それでもしばらく黙っていた村長だが……。

「ティムよ、頼みがある」

「何ですか？」

「村にダンジョンができ、外部の人間を受け入れる。様々なトラブルが起こるのは間違いない」

俺は村長の言葉に頷く。

「お前には冒険者と村人の間に入ってもらい、そう言ったトラブルが起きた時、解決に当たって欲しいのだ」

それが、ダンジョンを認める条件だと村長は言った。

父が、母が、妹が、村人全員が俺を見ている。

「そ、そんなこと急に言われても……」

つい最近まで、俺はFランク冒険者だった。たまたま『覚醒者』になり一足飛びにランクが上がったが、人を率いる器ではない。だが、俺が頷かなければ村長も村人も誰一人納得することがない。

「私も手伝いますから」

ふと、手が握られ横を見るとガーネットがいて、俺を手伝ってくれるという。

「私も手伝う。冒険者がそんな人ばかりだと思われたくないし」

グロリアがやる気を見せた。

「まあ、私もできる範囲で協力くらいはしてあげるわよ」

普段通りのそっけない態度ではあるが、マロンも了承してくれた。

「ティム、頼んだ！」

「村出身の冒険者なら安心だ」

それに従うように、村人の中からも賛成の声が上がる。子供のころから俺の面倒を見てくれた人たちだ。

皆が協力すると言い、完全に断り辛い流れができあがった。

「お兄ちゃん？」

サーシャが不安そうな声を出し、俺はとうとう覚悟を決める。

「わかりました、期待に沿えるかわかりませんが、俺が間に入って頑張ります」

俺はそう答えると、全身にプレッシャーを感じるのだった。

◇

村の入り口前で、俺はある人物が現れるのを待っていた。

「きた！」

地図の端に大量の黄色い点が表示される。これは中立を示す存在を表示したものだ。しばらくして、村の入り口前に大量の馬車が並ぶ。

「お待たせしました、ティムさん。ちょっと会議が長引いたもので……」

馬車を降り、先頭に立ったのはサロメさんだった。彼女の後ろには大勢の冒険者が立っている。

どの冒険者もギラついた目をしている。彼らはヴィアやその近くの街で活動している者たちで、今回新しく発見されたダンジョンの調査依頼を受けてやってきたのだ。

未踏破のダンジョンは得るものも多いが、危険も大きい。なので最低でもCランク以上と依頼を受けられるランクが決まっている。

「それにしても、ティムさんには毎回驚かされますね。今度はダンジョン発見だなんて……」

内心で「まだ何か情報を隠していたんですか?」と考えていそうだ。目が笑っていない。

「本当にたまたまですから……」

いくら俺の『ステータス操作』が様々な職業の隠れているスキルを得ることができるとはいえ『ダンジョン発掘』みたいなスキルは持ち合わせていない。

「とりあえず、私はこの後村長さんと話をするので、ティムさんは他の冒険者を案内してあげてください」

いつまでも立ち話をするわけにもいかず、サロメさんは村長と話し、俺は到着した冒険者を広場へと案内することにした。


「宿泊施設に関しては、ここ以外の設置は遠慮してください」

他の冒険者に呼び掛け、広場のテントの設置を手伝う。

今の俺は、冒険者兼村の代表だ。

高ランク冒険者ともなれば、対外的な対応をわきまえている者がほとんどなのだが、それでも不安そうな顔をする村人もいるので監視の目は光らせておく。

馬車から器材を下ろし、次々と設営が進んでいく。冒険者たちも野営には慣れたもので、広場はあっという間にテントで埋め尽くされた。

「とりあえず、ダンジョンに入るのはギルド職員と村長の打ち合わせが終わってからになるようなので、今日のところはゆっくり休んでください。朝夕の食事は村の人間が用意することになっています」

今はあまり村を動き回って欲しくない。こちら側で食事を用意すれば他の村人との余計な接触は抑えることができる。

ひとまず、ほとんどの冒険者はこちらの言うことを素直に聞いてくれたので、俺がこの後の段取りについて考えていると……。

「はぁっ？ まだ時間も早いだろ！ 少しくらいダンジョン下見できねえのかよ？」

文句を付けてくる冒険者がいた。

「現在、村長とギルド職員の方で調査を行う上での取り決めを作成していますから、それまでは勝手な行動は慎んでください」

サロメさんと村長の話し合いの内容には「冒険者が村人に危害を加えた場合」という項目もある。これは村人に納得してもらうために入れた方が良いとマロンからアドバイスされた。

「お前みたいな駆け出しにはわからないだろうが、俺たちはBランクなんだよ。稼ぐ効率が違うんだ。田舎村への移動に五日も費やして、観光じゃねえんだよ」

「ちょっとっ！」

後ろでグロリアが険しい声を出すが、手で制した。目の前の冒険者はどうやら俺がFランクだったころのことを知っているらしい。

だが、ここで揉めたところで誰も得をしない。

「申し訳ありませんが、村側としても受け入れ準備ができていませんから。勝手な行動をとった場合、冒険者ギルドも庇いきれないと言っています」

今回は、冒険者ギルドの職員も来ているので事情が違う。協調性のない発言や、トラブルが発覚すれば、そのまま冒険者活動のペナルティとなる。俺は暗にそのことを仄めかした。

「ちっ、お前も冒険者ならもっと柔軟に対応しろっての」

流石に、ペナルティは嫌なのか、男は引き下がりながらも俺を根性なし扱いしていく。それで溜飲が下がるのなら別に構わない。

「何もない村なんて見ても楽しくねえ、ダンジョンに潜れないなら飯の時間まで酒でも呑んで寝るからな」

彼らがテントに引き上げて行くのを見送ると、俺は一息吐いた。冒険者は自由なのでやはりひと悶着あったが、どうにか収められたようで安心していると……。

「後輩君っ！」

「うわっ⁉」

次の瞬間、背中から誰かが抱き着いてきた。気配をまったく感じなかったので俺は驚く。

「ミナっ！　そういうことしないっ！　ティムさんが困ってるでしょ！」

振り返ると、よく知る二人が立っていた。

「ミナさん、それに、オリーブさんも、お久しぶりです」

意外な人物との再会に、俺は笑みを浮かべ挨拶をする。

「ええ、こちらこそ、また会えて嬉しいです」

「ずっと見てたのにさ、こっちに気付かないなんて酷いよね」

ミナさんは頭の後ろで腕を組むと、俺をからかった。

「それは、すみません」

冒険者を纏めなければと気負っていたせいか、視野が狭くなっていたようだ。

「それにしたって、全然見かけないからダンジョンで死んだのかと思ってたんだよ。まさかこんなところにいるなんてね」

「ちょっと色々あったもので……」

ガーネットの件もそうだし、その後も色々と動き回り、今では村の代表という立場を押し付けられてしまっている。

「二人は、ダンジョンの調査に？」

ここにいるからにはそうだろうと思うのだが、念のために聞いてみる。

「うん、ずっと同じダンジョンばかり潜って飽きてきたからね。この調査依頼も街の外での活動になるからギルドから課せられた活動ノルマになるし」

変な護衛依頼を請けるよりは、普段の活動に近いのでこちらを選んだとのこと。

「私たちも、まさかティムさんがいるとは思いませんでした」

思わぬ再会にオリーブさんは嬉しそうに微笑む。

「後輩君はこの村の出身なんだね。どう？ 今後はここも発展すると思うけど、拠点を移すの？」

冒険者はギルドに所属しなければならない。ダンジョンの調査が完了し、一般に開放されるようになったらここにも冒険者ギルドの支部ができるので、こちらに住むこともできる。

「今はまだ何とも言えないですね」

王都でも活動したいし、まだ見たこともない世界を旅してみたいという思いもある。

将来隠居することになったら、村に戻って来て冒険者ギルドの職員として働くのも悪くないかもしれないと考える。

「ふぅーん、もし後輩君がここに拠点移すとなったら、私たちもこっちを拠点にしよっか、オリーブ？」

ミナさんはそう言うと、からかうような様子でオリーブさんに話し掛けた。

「な、何を言い出すのよ急に！」

二人の間だけに通じるものでもあるのか、オリーブさんは顔を赤くすると焦りを浮かべる。

彼女には悪いが、オリーブさんの可愛らしい仕草を見ていると心が癒される。先程までの冒険者とのいざこざを忘れられそうだ。

「もし退屈なら言ってくださいね、村長の家には本もありますし、近くを歩くなら案内できますから」

この二人ならば村人が相手でも問題ない。むしろ、冒険者に親しんでもらうためには最適だ。

「いいんですか？　ティムさん、忙しいんじゃ？」

「俺の冒険者仲間も手伝ってくれていますし、オリーブさんには世話になっているので」

ダンジョンで助けてもらったこともあるし、ヴィアのカフェで一緒に本を読んですごしていた。気が合うので、時間があればもっと会話をしたかった。

「ええ、今日は移動で疲れているから、調査の合間の休みにでもお願いしますね」

オリーブさんはそう約束すると、テントへと引き上げていくのだった。

「それでは、今日からこのダンジョンの調査を開始します」

翌日になり、ダンジョンの前に移動した俺たちは、サロメさんの言葉を聞いていた。

「ここにいるのは、周辺の街で冒険者として活躍している方々です。確かな実績と経験を積んでいるので、よほどのことがなければ大丈夫かと思いますが、何かありましたら無理をせず、周囲に呼び掛けるようにしてください」

いよいよ新しいダンジョンの調査が始まる。俺は自分が潜るわけでもないのに、ワクワクしている。

冒険者未踏のダンジョンというのは、物語の始まりでもあり、憧れでもある。

「それじゃあ、行ってくるからね」

「お気をつけて！」

他の冒険者がゾロゾロとダンジョンに入っていく中、こちらに声を掛けてくるミナさんに手を振り返す。周囲の冒険者に注目され恥ずかしそうにしているが、オリーブさんもこっそりと手を振ってくれた。

「まさか、年上にまで手を出しているなんて意外……いや、そうでもないか？」

マロンが呟き、サロメさんに視線を送る。

「妙な邪推は止めてくれ、彼女たちに失礼だ」

俺なんかとの仲を勘繰られるのは申し訳ない。俺はマロンに釘を刺しておく。

「さて、私たちも仕事を始めるとしましょうか」

「ううう、仕方ないです……」

ガーネットが落ち込んだ様子を見せる。

ダンジョン調査の仕事はCランク冒険者からだ。なので、俺たちも請けることができるし、実際サロメさんからの話もあった。村と冒険者の間を取り持つ身なので俺は動けないのだが、他のメンバーは構わない。

だが、ガーネットが涙目になりながら潜ることを拒否したため断念したのだ。

「なんですか、あの気持ち悪いモンスターは。斬ったら緑色の粘液をまき散らすし、形からして気持ち悪いし、動きが不規則で読み切れず、気が付けば身体に絡み付こうとしてくるじゃないですか！」

そう言って自分の腕を擦っている。

先日カデムに襲い掛かられたことがトラウマになっているようだ。

「まあ、女性冒険者でもアレを嫌悪するのは多いからね……」

「『昆虫系ダンジョン』だっけか？　毒やら糸やらのドロップをするみたいだけどな」

昨日、サロメさんから聞いたのだが、この『昆虫系ダンジョン』というのは王国内にあまりなくて貴重らしい。

何せ、王都周辺にもないため、もし本当にここが『昆虫系ダンジョン』だとすると一気にこの村の価値が高まるとか。

「あんなおぞましいモンスターが湧くダンジョンなんて、潰せばいいんですよ」

ガーネットは忌々しそうにダンジョンの入り口を睨んだ。

「はいはい、あんたはそうやって愚痴ってないで仕事をするわよ」

マロンはそんな怨念交じりの視線を向けるガーネットに声を掛ける。中に入らないだけで、俺たちには別な仕事が振られているからだ。

「それじゃあ、入った冒険者が出てくる前にぱぱっとやっちゃうか」

冒険者がダンジョンに潜っている間しか自由に動けない。俺たちは作業に取り掛かった。

「はぁはぁ、今日はこんなものでしょうかね？」

ガーネットは斧を地面に下ろすと汗をぬぐった。

「それにしても、よく一日でここまでできたな」

今朝までは木々に視界を遮られていたのだが、すっかり見通しが良くなっていて、遠目にダンジョンの入り口が見える。

「ガーネットが木を切って、ティムがアイテムボックスにしまって、私が根を焼く。効率よくやればこんなものよ」

「私の負担が随分と大きい気がするんですけど、マロン先輩」

俺自身はアイテムボックスに入れるのも取り出すのも触れていれば可能なので労力はそれ程でもない。

せいぜいマロンの手伝いをして木の根を焼いていたくらいだ。

対してガーネットは、斧にオーラを纏わせて『オーラブレード』で木を切り倒していたので常に動きっぱなしだった。

「いくらティムさんの『自動体力回復』があるからって少しは休ませて欲しかったです」

「仕方ないじゃない。私もダンジョンに入りたかったのに、あんたが拒否して入れなかったたんだから」

「それって、憂さ晴らしじゃないですか⁉」

マロンの言葉にガーネットは大声を上げた。

「流石は皆さんですね、一日でここまでやっていただけるとは」

様子を見にきたのか、サロメさんが話し掛けてきた。

「食事ができたから食べよう。凄いんだよ、今日は色んな街から物資が届いたの」

力仕事に不向きなグロリアは村の方で雑用を片付けてくれていた。俺だけでは手が足りないので、非常に助かる。

「もうじき、冒険者たちも戻ってくる時間だと思いますので、先にいただきましょうか」

戻ってきたら、食事の配膳やらその他の誘導やらで忙しくなる。

サロメさんにそう言われ、俺たちは村へと戻るのだった。


「いやー、本当にこのダンジョンは気持ち悪いよね」

「やっぱりそうですよね‼」

夜になり、ダンジョンから帰還してきたミナさんやオリーブさんと焚火を囲みながら雑談をする。

ガーネットはミナさんの言葉に共感すると激しく首を縦に振って頷く。

「今日はね、二層まで下りて【マダラクローラー】と戦ったんだけどさ、身体に大きな目みたいな模様があるし、身体を丸めて体当たりしてきたり、糸を飛ばしてこっちの服や武器を絡めて自由を奪おうとして厄介なんだよ」

初日でもう二層まで攻略しているらしい。相変わらずこの二人は優秀で、ペアにもかかわらず他の冒険者よりも成果を上げている。

「……それって、高級ドレスとかに使われている素材をドロップするモンスターですよね？」

ガーネットが頬をひくつかせる。彼女が身に着けていたドレスにも使われている素材だからだ。

「いよいよ、ここが『昆虫系ダンジョン』で間違いなさそうです」

オリーブさんも会話に混ざってきた。彼女は気弱な面があるので、気持ち悪い動きをしたり気持ち悪い造形のモンスターを忌避してもおかしくないかと思ったのに冷静だ。

「どうしましたか、ティムさん？」

「いや、オリーブさんは平気なんだなと思って」

ナンパ男にすら怯える彼女を見ているので、少し心配になった。

「ああ、私の故郷は深い森に囲まれていた場所でしたから、虫には慣れているのですよ」

そう言ってお茶を口にする。上品な所作に思わず見惚れる。どうやら本気で昆虫型モンスターを何とも思っていない様子だ。

「後輩君、オリーブの心配ばかりしてるけど、私だって女の子なんだからね？」

ミナさんは出会った時から天真爛漫で、常に明るく振る舞っていたため、彼女が何かを苦手としたり悲鳴を上げる姿が想像できない。

「いや、ミナさんは強いですから……」

「それ、嬉しくないからね？」

咄嗟にフォローしてみるが、ミナさんは半眼で俺を睨んでくる。どうやら望む言葉ではなかったらしい。

ミナさんはコップに息を吹きかけると冷ましたスープを飲む。

「でもさ、やっぱり昔からあったダンジョンだけあって、モンスターの湧きが凄いから、調査自体はあまり捗ってないんだよね」

長年の研究により、モンスターはダンジョンが生み出しているとはっきりしているのだが、長い期間人が潜らなかったダンジョンはその間休眠している。人間が足を踏み入れて初めて活性化するようになっており、ある程度討伐するまでは、相当な数のモンスターを生み出し続けるのだ。そのせいで、なかなか前に進むことができず、調査が捗らない。

「昆虫系モンスター攻略の鍵は魔法ですからね、全体的に魔法を使える人間が不足しているようです」

オリーブさんはお茶を飲み「ほぅ」と息を吐くと原因を告げた。

武器では敵を斬るたびに粘液まみれになってしまい、その都度粘液を洗い流さなければ手が滑ってしまう。

基本的に力がある男冒険者が前衛をすることが多く、女性冒険者が後衛を担当することが多い。女性冒険者は、ガーネットのように昆虫型モンスターを生理的に受け付けず、募集しても攻撃魔法を使える冒険者が集まらなかったのだ。

「今はまだ二層だけど、先に進んだらまた問題も起こるかもね？」

まるで予言のように、ミナさんはポツリと告げる。俺はその言葉を聞きながら、サロメさんはどうするつもりなのかと考えるのだった。

◇

「サーシャ、包装から出した食器はこっちに置いて」

「うん、わかった。マロンお姉ちゃん」

数日が経過し、ダンジョン入り口横に受付小屋と、モンスターが溢れた時の対策としてバリケードを造った俺たちは、作業に余裕が生まれていた。

周囲の街からは相変わらず支援物資が到着してきているので、今はその物資を開ける作業をしている。

最初は、外部の人間が入り込むことに消極的だった村人も、思っていたより礼儀正しい冒険者の対応と運ばれてくる物資に興味を惹かれ、今では積極的に作業を手伝うようになっている。

「ねえ、マロンお姉ちゃん。お願いがあるの」

「ん、何かしら?」

「サーシャね……」

手を動かしていると会話も弾む。そこら中で楽しそうな声が聞こえる。

そんな中、ふと気になってガーネットを見る。彼女は黙々と作業をしていた。俺は彼女に近付くと、同じ作業を始める。

「ティムさん?」

顔を上げると、彼女は俺に気付いて手を止めた。

「悪いな、こんなことになって」

元々は、俺が冒険者を続けるため、両親を説得する必要がありガーネットにきてもらった。

それ自体も解決しないままに村の事情に巻き込まれ、手伝ってもらっている。本来ならガーネットは、王都に戻ってダンジョン攻略をしたいはずなのだ。

「確かに、モンスターと戦えないのはそうですけど、ティムさんの御両親に挨拶できましたから。後はサーシャちゃんが私に懐いてくれれば完璧だったんですけど……」

マロンと楽しそうに話しているサーシャを見る。妹が気の強いマロンに懐くのは俺にとっても予想外だった。

「ティムさんには懐かしい場所かもしれませんけど、ずっと王都に住んでいた私には、この場所は新鮮なんです。こういう作業とかも飽きませんし楽しいですよ？」

俺に気を遣っている面もあるのだろうが、彼女はそう言って微笑んだ。

「村はずれに倉庫もできたし、簡易宿舎もできつつあるし、行商人もぼちぼち増えてきている。この調子なら、調査もじきに終わるだろうから、そしたら王都に戻ろうな」

ダンジョン探索を楽しみにしているのはガーネットだけではなかった。俺も早く村の代表としての活動を終え、冒険者活動に戻りたいと思っていた。幸い、妹の説得はマロンがどうにかできると言っている。

「ふふふ、ここ以外にも色んな街のダンジョンにも行ってみましょうね」

「もっとグロテスクなダンジョンもあるらしいけど、平気か？」

「……その時は、私はまた下がりますけど」

からかうと、ムッとした表情を向けてくる。最近忙しかったので、ガーネットとこういうやり取りをするのは久しぶりで楽しい。結局この日は、穏やかな一日をすごしている間に終わっていた。

「ダンジョンの調査があまり進んでいませんね」

サロメさんたち、調査で雇われた冒険者が村に来てから一週間が経過した。

現在、ダンジョン探索は三層までしか進んでおらず、目標とする五層まではまだまだ時間がかかりそうだ。

「得られる資材も少なく、このままではこのダンジョンの評価が低くなりそうです」

良いダンジョン、人が集まるダンジョンというのは、リスクが少なく資源が多い。

現状、冒険者が持ち帰る資材の量が少ないので、あまり良い評価を付けられなさそうだ。

「とはいえ、サロメさんよぉ。生まれたばかりのダンジョンと違って、ここは最近まで入り口が埋もれていただけのダンジョンだ。活性化してるせいで、いくら倒してもモンスターが湧き続けるし、武器との相性も悪い。この上、ドロップアイテムまで拾ってられないぜ」

先日文句をつけてきたBランク冒険者は、調査が遅れている理由を言うとうんざりとした表情を浮かべた。

「まあ、そうなんですけどねぇ……。だからこそ、各街に選りすぐりの冒険者を頼んだのですが……」

集まったのはBランクとCランク冒険者のみ。街に一組か二組しか存在しないAランク冒険者などは来ていない。高位ランク冒険者にとっては旨味がなさすぎるというのも理由の一つだ。

「戦力を集めるのもあんたらの仕事だろ？　もっとも『昆虫系ダンジョン』な上、こんな田舎村に人を集めるのは難しかったんだろうがな」

Bランク冒険者は俺を見て鼻で笑った。その目は冒険者でありながらダンジョンに潜らない俺を見下しているようだった。

「ようは、そうなんですよね。大量のモンスターを殲滅する攻撃魔法の使い手、それを確保できれば効率が上がるはずなんですよ」

サロメさんはそう言うと、俺たちの方を見る。

「マロンさん、ダンジョン調査に参加してもらうことはできないですか?」

その場の冒険者の視線がマロンへと集中する。サロメさんにしては珍しくストレートな発言だ。彼女もこのままではまずいと思っているのだろう。

「私? んー、あまり乗り気じゃないわね」

「どうしてですか?」

「だって、そこの冒険者の尻ぬぐいでしょう? 自分たちの能力が不足しているのに口だけで、今もティムのこと見下している。ちょっと力を貸す気にならないわね」

俺以上に、彼らの視線が気に食わなかったらしいマロンは、サロメさんの申し出をバッサリと断った。

「はっ、少なくともそんな無能のFランク冒険者なんかより役に立つっての」

Bランク冒険者は耳をほじると、俺の過去を蒸し返して鼻で笑った。

周囲から嫌な気配を感じる。この場にいる冒険者たちはいずれもCランク以上、先程の冒険者が俺の素性を話して回ったせいで、これまで普通に話していた冒険者まで俺に向ける表情に侮りが混じっている。

冒険者のくせに、村人との間に立ち、ダンジョンに潜らないことも原因となっているのだろう。

「俺たちの実力を知りたいならパーティーに加わってみることだな。最高の冒険をさせてやるぜ」

ようは、自分たちと一緒に行動すれば美味しい思いができる。そう言ってマロンを勧誘し始めた。

「私、男の冒険者って嫌いなのよ。信頼できないし」

これまで、多数の男から言い寄られただけあって、男と組むつもりはないと公言するマロン。

事実、男たちの視線には少なからず下心のようなものが混ざっていた。

「だったらさ、私たちとならどうかな？」

このままでは、何の解決策もないままに会議が終わる。そんな空気を打ち破ったのはミナさんだった。これまで、黙ってこの会議に参加していたのだが、あまり建設的ではない状況に口を出さずにいられなかったらしい。

マロンはミナさんとオリーブさんの姿を見る。彼女たちもペアで狩りをしているのだが、ここ一週間の成果は他に比べて突出している。

この二人にマロンが加われば、もっと成果もあげられるのは間違いない。

「いいですけど、条件があります」

「なんですか？」

サロメさんが質問をする。

「そのパーティーに、この男も加えてもらうことですね」

皆の視線が一斉に俺に向く。

「いや、俺は今回村の代表としてこの場にいるので……」

安定してきたとはいえ、村のことを放り出すわけにはいかない。

「村長さんには、私の方から話を通しておきますから。頼めませんか？」

俺の実力を知っているサロメさんに懇願されてしまう。

「ティム君、村の方は私たちが対応するから平気だよ」

「任せておいてください」

グロリアとガーネットがそう言う。彼女たちも口元を結んでおり、先程のBランク冒険者の言い方が気に入らなかったようだ。

「……わかりました。そこまで言うのなら」

このダンジョンの評価が低くなるのは、村の代表としても望ましくない。

結局、俺はマロンに巻き込まれるような形で、調査に加えられるのだった。

「サーシャも付いて行く！」

翌日になり、俺がダンジョンに潜るため待ち合わせ場所に到着すると、マロンとサーシャが言い争っていた。

「駄目に決まってるでしょう。これから潜るダンジョンは危険なのよ。戦う力もないくせに何言ってるの？」

「サーシャだって、役に立てるもん‼」

大声に、周囲の冒険者たちも二人に注目している。

「どうしたんだ？」

マロンが困った顔を向ける。俺は事情を聴くことにした。

「それが、サーシャが付いてきたいって言い出したのよ」

昨晩、俺とマロンが調査に参加すると話したからだろうか、サーシャは一人取り残されるのが嫌なのか、わがままを言ってきた。

「どうして、そこまで付いてきたがるのよ」

マロンがサーシャに問いかける。

「だって、マロンお姉ちゃん魔法使うんでしょ？　もっともっと見たいもん！」

サーシャは目をキラキラと輝かせている。どうやら、先日見せた魔法を気に入ったようで、近くで見学したいらしい。

「いいか、サーシャ。俺たちは遊びに行くんじゃないんだぞ？　これは調査依頼と言って、ダンジョンについて調べる必要があるんだ」

前に入った時は、少しでも恐怖を覚えてくれたらダンジョンに近寄らなくなると思っていたのだが、マロンとグロリアが守った上、魔法なんてものを身近で見てしまったせいで憧れが強まったらしい。

「やだ。サーシャも行きたい！」

「駄目だって言ってるだろ！　いい加減にしろっ！」

聞き分けのない妹を怒鳴り付ける。

「ううっ……お兄ちゃんとお姉ちゃんの馬鹿っ！」

サーシャは目に涙を溜めると、走り去って行った。

「悪いな、妹が迷惑をかけて」

「いいのよ、私もちょっと冒険について話しすぎた。あの子が冒険者に幻想を抱いているのは私の責任よ」

時間さえあれば、サーシャはマロンに冒険譚について話をせがんでいた。マロンがそれに応じたのは、サーシャに冒険の素晴らしさを説き、俺が冒険者を続けるのを認めさせるためだった。

「ひとまず、ミナさんとオリーブさんと合流しよう」

妹と喧嘩をして気が晴れないが、俺たちには求められている役割がある。今は少しでも早くダンジョン調査を終わらせることに注力しよう。

飛び出して行ったサーシャのことも気になったが、俺たちは調査へと向かうことにした。


「なるほど、これは確かに酷いな……」

ダンジョンに入ってしばらく調査を続けていた。

まず一層の地図を埋めようと考え、歩き回っている俺たちだが行く先々でモンスターが道を塞いでいる。

まるでダンゴのように互いの身体を絡み合いながらうじゃうじゃといるのは、先日ガーネットが悲鳴を上げた、沢山の足を持つ胴長のモンスター、カデムだ。

一匹だけでも相当気持ち悪いのに、集合体のように互いの身体を絡め付かせ、それだけでも首をこちらに向け、ハサミのような牙を動かす様はガーネットなら失神すること間違いなし。

「『ファイアアロー』」

そんなモンスターたちも、マロンが放った火の魔法をくらい燃え上がる。

「『ウインドウォール』」

焼け焦げた臭いがこちらに来ないように俺は風の壁で押し戻した。

「確かに、これは魔法がないと相当面倒くさいですね」

モンスターが焼け落ちるのを見届けると、俺は皆に話し掛けた。

「正直、ここまで数が多いとねぇ。長期間入り口が塞がれていたからか、一度活性化してからは本当に凄いよ」

ダンジョンからモンスターが溢れるスタンピード現象。これは、一度ダンジョンが活性化した後、あまりにも放置しすぎて溢れ出た時に起こるものだ。

「うぇぇ、また湧いてる」

炎で照らされた先に、同じようなモンスターの塊がうごめいている。倒したところでダンジョンが続けてモンスターを生み出しているのだ。

「……後ろも塞がれているぞ」

俺が『地図表示』で確認すると、これまで通ってきた道も、大量の赤点で埋め尽くされている。これでは背後にも常に気を配らないといけない。先に進むのも一苦労だ。

「とにかく、私とマロンさんとティムさんの三人で順番に魔法を放ちましょう。殲滅スピードが勝れば後からくる冒険者は楽になるはずですから」

オリーブさんがそう提案してきた。

この場には魔法を使える人間が三人もいる。俺たちは、うんざりしながら一層に湧くモンスターを倒して回るのだった。

「はぁ……、疲れた」

ダンジョンから出て、即座に湯浴みをして身体の汚れを落とした俺たちは、簡易宿舎に用意されたテーブルで休憩を取っていた。

「ティム君、お疲れ様。肩揉んであげるね」

グロリアの小さくひんやりした手が俺の肩に触れる。剣ばかり振っていたころから、彼女は俺に治癒魔法を掛けるついでにマッサージをしてくれることがあった。

「ありがとう、グロリア」

そんなことを懐かしく思いながらも、俺は背もたれに身体を預ける。

「こうしてると、半年前に戻ったみたいだね」

背中越しにグロリアの機嫌よさそうな声が聞こえてくる。彼女も湯浴みをし終えた後なのか、髪がしっとりと湿っていて、良い匂いが漂っていた。

「あのころは、まさか自分の出身村にダンジョンができて、その調査をやっているとは思わなかったよ」

『ステータス操作』に目覚めなければ、冒険者を辞め村に戻っており、ダンジョン調査にきたグロリアと再会していたかも知れない。

その場合、俺はただの村人としてなので、顔を合わせていたか微妙だが……。

「もし、そうなっていても私はティム君と再会できて喜んでいたと思うよ」

「えっ？」

まるで、俺の心を読んだかのように、グロリアは耳元で囁いた。身体を預けてきて背中越しに彼女の温もりを感じる。

彼女がどんな顔をしているのかが気になり振り向くと、思っていたより近くにグロリアの顔があった。

お互いに目が離せなくなった。彼女はふと一瞬顔を引くのだが、目を細めるとゆっくりと顔を近付けてくる。

俺は思考を乱され、このままだと唇が触れ合ってしまうのではないかと考えていると……。

「ティムさん、お疲れ様です」

サロメさんが話し掛けてきた。

「あっ、いえ」

弾かれるようにグロリアが離れる。俺も彼女も顔が赤くなっている。

「どうかされましたか？」

「いえ、湯あたりしただけです」

どうやら見られていなかったようなので、咄嗟に誤魔化した。

「今日一日で一層に湧くモンスターの数がある程度安定し、行き来が楽になったと報告があります。これも、ティムさんやマロンさんが、一層のモンスターを間引いてくださったからですよ」

オリーブさんも魔法で頑張ったのだが、彼女の攻撃手段についてはあまり人前で語ることではないので内緒にしておく。

「そうですか、良かったです。そう言われると参加した甲斐がありますね」

これで調査が進めば、他の冒険者の不満も収められるだろう。そう考え、この後もモンスターの間引きを頑張ろうと考えていると……。

「ひとまず、ダンジョン調査の経過報告がありますので、私は街に戻らなければなりません」

本来の日程よりも遅れてしまっているので、各街から借りている冒険者の延長の話もしないといけないのだという。

「できれば、サロメさんには残って欲しいんですけど……」

俺は、彼女がいてくれるからこそ冒険者も大人しくしているのだと考えている。

「近くの街で報告するので往復一週間程ですよ。それに、ティムさんたちがモンスターを間引いて、他の冒険者が本来の力を発揮できるようになりましたから、問題はないかと」

サロメさんはそう告げると目配せをしてくる。どうやらそのことも織り込み済みらしい。

「それでは、私も休ませていただきます。二人とも明日もありますので、程々にしておいてくださいね」

サロメさんが口元に指を当て微笑むとからかってくる。先程の光景をバッチリ見ていたらしい。

「「……はい」」

俺たちは同時に返事をし、彼女を見送るのだった。

「さて、一層もある程度安定したみたいだし、今日は二層のお掃除だよ」

ミナさんは相変わらず張り切った様子で俺たちに発破を掛けてきた。

「後輩君もマロンも、元気がない！　明るいダンジョン探索は、明るい態度から！」

昨日、あれだけのモンスターを倒し続けたせいか、夢の中にまでカデムが出てきた俺は、うなされてしまいげんなりとしている。

「いや……流石にあれだけ魔法を使ったら一晩で回復できませんよ」

一方、マロンもだるそうにしている。もっとも、彼女の方は魔法の使いすぎによる精神的疲労のようだが……。

「二層に湧くのは『マダラクローラー』だから大丈夫！　大きさからして一度に三匹くらいしか出現しないからねっ！」

「それって、でかいぶん、倒すのが厄介なんじゃ？」

実物を見たことはないが、ミナさんの話を聞く限り、非常に気持ち悪い造形と巨体を持っているとのこと。

マロンの突っ込みに、ミナさんは舌を出し、あざとく笑って見せる。勢いで誤魔化した。

「というわけで、早速三匹現れたみたい。後輩君とマロンで一匹ずつ倒してねん！」

そうこうしている間に、正面からモンスターが現れる。あまりにも正確な情報に、彼女も実は『索敵』スキルを持っているのではないかと疑ってしまう。

「ティム、二人の集中攻撃で行くわよ！」

初見の敵で前衛がいない場合、絶対に魔法で倒すと決めている。

「わかった！」

俺とマロンは互いに顔を見合わせ、魔法のタイミングを計った。

「『ロックバースト』」

まず、俺がロックバーストでマダラクローラーの身体に穴を開ける。攻撃を受け、苦しむマダラクローラーが、苦しみながらもこちらへと向かってくるのだが、

「『ファイアバースト』」

次の瞬間爆発が巻き起こり、既にダメージを受けていたモンスターはマロンの一撃がとどめとなり、身がちぎれ、燃えながら絶命した。

「おおっ！　その若さでCランクだって聞いてたから期待してたけど、威力も申し分ないね」

「……どうも」

ミナさんがマロンの魔法を褒める。今の俺たちの連携でマダラクローラー二匹を倒し、残る一匹はミナさんの担当だ。

見ての通り、粘液をまき散らすこのモンスターと武器を扱う彼女との相性は悪い。

俺たちは、ミナさんが、一体どうやってモンスターを倒すつもりなのか見学していると……。

「これは負けてられないよね。オリーブ、支援よろー」

彼女はオリーブさんに指示を出した。

「………よ、お願い」

オリーブさんが目を閉じ、両手を前で組み何かを呟くと、ミナさんが掲げているダガーが火に包まれた。

「嘘っ！　ダガーに火を纏わせたの？」

今度はマロンが驚く。無理もない、一部特殊な魔法剣などでなければ、武器に属性を乗せるのは不可能という常識があるからだ。

「へっへっへ、これだけで驚かれちゃ困っちまうぜぇ」

演技めいた声を出したミナさんは、ダガーを構えると、足に力を込める。

「『縮地』」

「速いっ⁉」

ミナさんは一瞬でマダラクローラーとの距離を詰めると、その巨体を真っ二つにした。

粘液が噴き出す前にその場から離脱する。斬った断面が燃え上がり嫌な臭いが辺りに漂った。

「今一瞬、何をしたのかわからなかったわ」

無理もない。ミナさんの今の動きはガーネットにも——いや、それ以上に速かった。一瞬で距離を詰めたのは、どうやらスキルらしい。以前ステータス画面を見た時は存在していなかったので、ミナさんもあのころより強くなっているのだろう。

「伊達に長年冒険者はしてないからねっ！　このくらいすぐにできるようになるよ！」

気軽に言っているが、そう簡単な話ではない。敵との距離を詰める敏捷度、斬り裂く威力、相手の攻撃をおそれず懐に飛び込む思いきりの良さ。どれもそうやすやすと手に入るものではない。

「ひとまず、このメンバーなら苦戦することはなさそうですね。今日も二層の掃除をして行きましょうか」

オリーブさんが総括した。普段通り落ち着いた様子で、一瞬、ダンジョンにいるのを忘れそうになる。彼女から漂う空気につい安心しそうになった。

「あの粘液がドレスについたら嫌だから、絶対にしくじらないでよね」

マロンはいつになく真剣な表情を見せると、俺に強く言うのだった。

★

ティムたちがダンジョン調査を行っている間、サーシャは一人で村の中を歩き回っていた。

村人は皆、このところの変化を受け入れており、今後発展するであろう村のことについて話に花を咲かせている。

ダンジョン周りの土地をならし、そこを中心に住居などを建て直すのだが、元々住んでいる村人には、優先的に住みたい場所を選べる権利が与えられるからだ。

畑などの土地は高く買ってもらえ、新しい商売をすることもできるし、なんなら村から出て行った息子や娘の下に引っ越して早隠居することもできる。

誰もがふと舞い込んだ幸運を喜んでいる中、サーシャだけは塞ぎ込んでいた。

「お兄ちゃんとお姉ちゃんの馬鹿……」

元々、サーシャは兄であるティムが冒険者になることに反対だった。

村でサーシャたちと年が近い子どもはいなかったので、ティムが出て行ってしまうとサーシャは一緒に遊ぶ相手がいなくなってしまう。

事実、この一年半、サーシャの娯楽は村長の家にある本だけだった。

そんな中、たまたま村を訪れた冒険者づたいにティムが「万年Fランク冒険者の落ちこぼれ」と呼ばれていることを知った。

両親も、送り出した息子が冒険者としてギリギリの生活をしていて、いつ死ぬとも知れない危険な状況にあることを知る。

慌てて呼び戻そうと手紙を書いているのを見たサーシャは、やっと兄が戻ってくるのだと喜んだ。

ところが、帰郷したティムは一人ではなかった。

何人もの女性を連れており、いつもその中心にいる。そんなティムにサーシャはどう接すればいいのかわからなくなった。

我が者顔で両親とティムと話をする女性たち。当然サーシャにも親し気に声を掛けてくるのだが、サーシャにしてみれば兄を奪いにきた、兄に冒険者を続けさせようとする敵だった。

そんな中、一人だけ距離を取り冷静に振る舞う女性がいた。サーシャはマロンに興味を持った。

翌日になり、ティムがサーシャを釣りに誘ってきた。これまで、二人でする遊びと言えば、山菜を採ったり川魚を釣ったりがほとんどだった。

やはり兄は変わっていない。そう思い、他の女性が起きてきてついていきたいと言い出す前に家を出て、二人だけしか知らない秘密の渓流に向かった。

だが、そこにはなぜかマロンがいて、先に釣りをしていた。

最初、ティムがこの秘密の場所を教えたのだと思ったサーシャだったが、驚いている様子からみて違うようだ。

マロンはたまたまこの場所が釣れると判断したらしく、竿を構えている姿もどこか様になっているとサーシャは思った。

ティムもサーシャに気を利かせ、マロンと離れた場所に座って釣りを始めたのだが、魚が一向に釣れず楽しくない時間が流れる。

サーシャは、魚が釣れるまでのほとんどの時間、マロンを見てすごしていると、彼女は面白いように魚を釣りあげていた。

自分たちが釣れず退屈だったので、誘惑に勝てなかったサーシャは、段々と近付いて行き、ついにはマロンの傍で釣りを見始めた。

無駄のない動きに、魔法のように竿を操るマロン、サーシャにはそれがとても格好良く映った。彼女は振り向くと初めてサーシャに笑いかけ、釣りを教え始めた。

サーシャにとっては兄以外では初めて普通に接してくれる相手。マロンの指示に従うと魚も釣れるようになり、いつしか彼女に話し掛け続けていた。

釣りを終え、帰るころになるとサーシャはマロンにすっかり懐いていた。まるで実の姉のように慕い、どこへだって付いて行こうとする。そんなサーシャに、マロンは自分の冒険体験を話してやった。

最初は、冒険者なんてくだらない、冒険者なんてなるべきではない。そう考えていたサーシャも、マロンの話を聞いている間に、次第に冒険者への憧れが芽生え始めた。

極めつけなのが、ダンジョンを発見し、中に入った時のこと。

気持ち悪いモンスターが出現し、ガーネットやグロリアが悲鳴を上げ震える中、マロンだけは冷静に魔法を放ち、モンスターを倒して見せたのだ。

元々、マロンへの憧れが限界まで高まっていたサーシャだが、彼女が放った魔法の美しさ、他の冒険者が悲鳴を上げるおそろしいモンスターへの冷静な対処。いつしかサーシャはマロンのようになりたいと考えるようになった。

ダンジョンの発見により、村に多くの人が訪れた。中にはティムと親しくしている大人の女性と、先輩を名乗る二人の冒険者の女性。

村の人間に嫌な視線を向ける冒険者などなど、これまで生きてきたなかでも把握しきれないくらい多くの人間が村を訪れた。

村の中に支援物資が運ばれ、マロンと一緒に荷物を開けている最中、サーシャは彼女に「サーシャにも魔法を教えて欲しい」と頼んだ。

マロンは困った表情を浮かべると「サーシャにはまだはやいから、十五歳になって街まで出てきたら教えてあげる」と答えた。

サーシャはその答えに大きな不満を持つ。サーシャは一刻も早く魔法が使えるようになり、大好きな姉と大好きな兄と一緒に冒険がしたかったからだ。

それから、数日が経ち、ティムとマロンがダンジョン調査に加わるのだという話を聞いた。

これこそがチャンス。以前、ダンジョンに同行した時は、よくわからないうちにモンスターが倒され、それ以上先に進むことが許されなかった。

あの時も、マロンは「付いて行きたい」と言うサーシャの味方をしてくれた。今回も頼めば連れて行ってもらえる。そう考えたのだが、マロンは困った表情を浮かべ言葉を濁し、ティムはサーシャを諭した。

やはり、マロンも自分ではなくティムを優先する。

「サーシャが魔法を使えれば、連れて行ってもらえるのに……」

サーシャは、マロンが放った魔法を頭の中で思い描き手をかざす。マロンが放った動作を真似すれば魔法が使えるのではないかと思ったのだ。

だが、てのひらの先からは何かが出ることはなかった。

「サーシャ、また置いてかれるのかな？」

今回の調査が終わってしまえば、ティムもマロンも王都に戻ってしまうに違いない。そう考え膝に顔を埋めるサーシャだったが、

——ガサガサッ！——

草むらで何かが動く音がした。

「えっ？」

慌てて顔を上げたサーシャの前に、巨大な何かが現れた。

★

「さて、順調に進んでるし、今日からは三層の掃除をしよっか」

一日ごとに下の階層を進み、溜まっているモンスターを排除するのがミナさんと臨時パーティーを組む俺たちの役割となった。

実際、ここまで雑魚モンスターを排除したことで、ダンジョンの調査は劇的に進むようになり、一層と二層の地図は既に完成して、冒険者の間で共有されている。

文句を言っていたBランク冒険者たちも、表立って批判するようなことはなくなり、真面目に調査をしているとか。

「今日はどんなグロテスクなモンスターを排除させられるのかしら？」

一方、マロンは日に日に疲労が溜まっているようだ。無理もない、普通のダンジョンであれば前衛の補助として魔法を使って、休むことができるのだが、今回はモンスターの数も多ければ、抑えに回る前衛のガーネットもいない。

モンスターから一撃ももらわないためには、常に最大火力を放つくらいでなければいけないので、結果として魔力の回復が追い付かない。

「ここからは、ほとんど情報がないんでしたよね？」

これまで、大量のモンスターに阻まれていたため、調査のメインは二層までとなっていた。

冒険者の中には、今日初めて三層に到達した者も多いので、ここからが本番と言ってもいい。

三層に下りると、ダンジョンの構造ががらりと変わる。二層は地面が湿った土だったのに対し、ここはゴツゴツとした岩でできている。

「歩き辛い」

足場が不安定のため、マロンやオリーブさんは進むのにも苦労している様子だ。

「後輩君、あそこ見てみて」

そんな中、ミナさんが先の方を指差した。

「んんっ？　何ですかね？」

目を凝らしても特に不自然な物は見えない。そこの岩だけ若干盛り上がっているようだが……。

「んー、やっぱりね。後輩君はちょっとスキルに頼りすぎ。もう少しそれ以外の目を養った方がいいよ」

ミナさんはそう言うと、石を拾い振りかぶって投げた。

細い腕からは想像もつかない勢いで飛んでいく石は、ミナさんが指差した方向とほとんどずれることなく飛び、盛り上がっている岩に当たった。


――ゴゴゴゴゴゴゴゴゴ――


「モ、モンスター!?」

動いたのは、岩に擬態していたモンスターだった。

「【ロックスコーピオン】。蜘蛛や蛇が主食で、尻尾に毒を持っています。肌が岩でできているので、武器に強く、力も強いからハサミに掴まれると抜け出すのは至難です」

オリーブさんが特徴を教えてくれる。

「とりあえず『ファイアアロー』」

マロンが先手とばかりに魔法を放った。

「嘘ッ!? 避けたわよ!」

これまでの動きの鈍い昆虫系モンスターと違い、ロックスコーピオンは魔法の接近を確認し、避けて見せた。

「このっ! 『アイスアロー』」

やはり避けられる。地面が凍り付いた。

「むむっ！『ロックシュート』」

次々に試すが、どれもロックスコーピオンの素早い動きを捉え切れない。

「ちょっと待った、後ろからも集まってきたぞ！」

マロンの魔法音が呼び寄せたのか、俺の『探索』に十匹近いロックスコーピオンの反応がある。

「このモンスターはね、地面に接してる分、冒険者の足音に反応するんだよん。だから、倒す時はあまり派手な音は立てないようにね」

ミナさんは笑顔でロックスコーピオン対策を俺たちにつたえる。

「そういうことは先に言ってよ！」

自らの失敗を自覚してか、マロンは叫んだ。

「ということは、こいつらは一匹ずつ武器で倒すのが正解？」

先程から遠距離の魔法を避けるのを見ている。攻撃を当てるにはある程度近くからでないと見切られてしまう。

「だね、だから……オリーブお願いっ！」

「わかりましたっ！」

いつもの連携で、ミナさんの武器に属性が付与される。今回はダガーに風を纏わせているようだ。

二人のスキルには『属性付与』のようなものはなかったので、これはおそらくオリーブさんの『精霊魔法』の効果ではないかと推測する。あのユニークスキルに関しても知りたいので、動きを観察してしまう。

「前から来る敵は私に任せておいてっ！」

先に進んでいないので、探索が機能していないが、おそらく前方からも同数程度のロックスコーピオンが集まってきているに違いない。

「わかりました、後方は俺とマロンでどうにかします」

俺はミスリルの剣を抜くと、以前、物質系ダンジョンでガーゴイルと戦った時を思い出した。あの時と同じように、ガーネットの動きを再現すれば大抵の敵には負けない。後は持久力だけ……。

「マロンは、魔法で牽制してくれ。囲まれるときついから、なるべく少ない敵と戦える状況を希望する！」

「わかったわ！」

これまでが単純な戦法で上手く行っていたためミスしたようだが、元々彼女は戦況をコントロールするのが得意。小技を使って敵の足止めをし、味方が戦いやすい状況を構築してくれる。

「『ロックウォール』」

岩でできた格子がせり上がる。数匹程のロックスコーピオンが抜けてきた。

「ナイス、マロン！」

動きの速さを念頭においても、このくらいなら何とかなる。

「ティムさん、毒には本当に気を付けて！」

オリーブさんがミナさんを援護しながら、こちらの様子も見ている。まだ彼女にとって俺は保護すべき対象なのかも知れない。そう考えると、武器を持つ手に力が入らざるを得なかった。

俺はガーネットの動きを頭の中で描き、モンスターへと突撃していった。


「普段の倍疲れた……」

マロンは俺にもたれ掛かりながら歩いている。

今日もダンジョンの探索を終え、無事に外に出た。

俺とマロンが加わったことで遅れを取り戻し、他の冒険者も順調に調査をしているようで、入り口付近にたむろしている冒険者は余裕ある様子を見せていた。

この分なら、あと数日もあれば五層に到達し、調査が完了するのではないか。そんなことを考えながら歩いていると……。

「なんか、広場の方が騒がしいね」

ミナさんが遠くの状況を観察した。

何やら、揉めているようだ。Bランク冒険者の男と村人がいがみ合っている。

「だから！　俺たちは関係ねえってんだよ！」

「そんな無責任な！　同じ冒険者でしょう！」

どちらも引くことをせず、大声で叫ぶので、帰還した冒険者や他の村人も集まってきた。

「どうしたんですか、一体？」

全員が一斉に振り返った。B級冒険者は振り向くとうんざりした表情を浮かべる。

「どうもこうも、そこの男が依頼にもないモンスターの討伐を頼んで来たんだよ」

「違う！　依頼していたモンスターを、だ！」

「うん？　最初から説明してもらえますか？」

最初から情報が食い違っていては話にならない。俺は二人に確認した。

「それが、ティム君に言わなきゃいけないことがあって……」

グロリアが現れた、腰にはサーシャがしがみ付いている。

「実はさっき、サーシャちゃんがビッグボアを目撃したのよ」

「何だって⁉」

グロリアの説明に、俺は心臓がわし掴みされたかのように動揺してしまう。

「怪我はないのか、サーシャ？」

「う、うん。お兄ちゃん。サーシャは平気だよ」

「……よかった」

俺は妹を引き寄せると抱きしめた。

「サーシャちゃんの悲鳴が上がって、村の人と慌てて駆けつけたんですけど、私たちが到着したころにはビッグボアは逃げた後だったらしいです」

ガーネットが状況を報告する。

「あのビッグボアは牙が欠損していたんだ。元々依頼していた討伐対象だったんだよ!」

「だから、仮にそうだとしても、そいつを取り逃がしたのは低ランク冒険者だろ?どうして、俺たちが森に入ってまで討伐しなきゃいけないってんだよ」

なんでも、村に現れたビッグボアは以前討伐されたはずのモンスターだったらしい。その証拠が討伐部位である牙の欠損だと実際に見た村人は言うのだが……。

「サーシャ、お前もそれ見たのか?」

胸の中にいる妹に俺は聞く。

「わかんない。いきなりだったし、怖かったもん」

無理もない、戦う力もない状態で、突然モンスターが現れたら動揺するのは当然だ。

「サロメさんは、何て?」

このまま話していてもらちが明かない。ギルド側の責任者の判断を聞きたい。

「サロメさんなら、ギルドに報告するため、近くの街に向かっているからまだ戻ってないよ」

間が悪かった。唯一、権限を持っている彼女がこの場にいない状況でトラブルが起こるとは……。

「ティム、お前からも何とか言ってくれ。俺たちは今、危険に晒されているんだぞ」

村の人間が、俺に話を振ってきた。

「そうは言われても……」

もし仮に、そのビッグボアが村の人間の言うように依頼を請けた冒険者の取りこぼしだとすると、Bランク冒険者には関係がない。さらに言うと、牙が欠けているからと言って同一個体という証拠もない。

ダンジョンの調査目的で依頼を請けている以上、そちらを滞らせるわけにもいかないので、彼らを動かし森を探索させるのは不可能だ。

自分に与えられた権限でできることを考えるのだが、どれだけ考えても良い結論は出ない。

「ちっ、お前は村の代表なんだろ。だったらもっと村のために行動しろよ」

ついには呆れた表情を浮かべた村人は俺に侮蔑の言葉を吐き捨てると、苛立ちを募らせ立ち去った。

「俺たちは、明日からもダンジョンの調査を続けさせてもらうぜ。何せ、それが依頼だからな」

Bランク冒険者たちも引き上げていく。

「お兄……ちゃん？」

サーシャが心配そうに俺の顔を覗き込む中、

「一体どうすればいい？」

俺は何をするのが最善か考えることしかできなかった。

「どうしましょうかね……」

ダンジョン傍に設置された、冒険者ギルドの仮設小屋にて俺たちは話し合っていた。

メンバーは俺・ガーネット・グロリア・マロン・ミナさん・オリーブさんだ。

「実際のところ、はっきりさせるのは難しいと思うわよ」

マロンが口を開いた。

「討伐部位の牙が欠損しているモンスターだからって、それが依頼されたモンスターと同じ個体だとは限らないわけだし」

現在、俺たちが話し合っているのは、村人と冒険者によるトラブルについてだ。

日中、サーシャの前に現れたビッグボア。目撃した村人によると、牙が欠損していたので前回の依頼で討伐し損ねたのではないかとのこと。

「勿論、その冒険者の不正もありえるけどさ、村人の見間違いだって同じくらいあるんだよ。依頼料をケチってモンスターを過少申告するケースもあるからね」

ミナさんは冒険者寄りの意見を述べる。実際、討伐に赴くと出現するモンスターの数が報告より多いという話はよく聞く。故意なのか知らずになのか断定はできないが、村側に落ち度がある場合も多い。

「正直、現状、私たちにできることってないですよね？」

ガーネットが意見を述べる。

「だって、その冒険者が言うように、他人の尻ぬぐいじゃないですか」

意外にも突き放した言い方をする。

「それで被害が出るかもしれないんだよ？」

グロリアはガーネットの言葉を咎めた。

「でも、どこかへ行くたびに『前の冒険者の不始末を片付けろ』なんて言われてたら、自分たちの仕事だってできなくなりますよ」

今回みたいな、色んな街から冒険者を集めてくる依頼ともなると特にそうだろう。各街から冒険者を集めるということは、それぞれの街で冒険者の数が足りなくなるということ、長引けば長引く程色んな方面に迷惑を掛けてしまう。

だからこそ「討伐依頼が果たされていないから森の探索をしろ」などと言う要求を受け入れるわけにいかないのだ。

「結局のところ、どちらもこなすしか方法はないんじゃないでしょうか？」

オリーブさんがそう告げてきた。俺が本気で決められず困っていると、

「はぁ、仕方ないですね。私がやりますよ」

ガーネットが溜息を吐くと、そう言う。

「知らない冒険者のためじゃないです、ティムさんが困っているからやるんです」

ガーネットの優しさが心に染みた。

「なら私も手伝う。ティム君たちがダンジョンに潜っている間、森の探索をすればいいんだよね?」

グロリアも手を貸してくれ、どうするか聞いてきた。

「いや、二人には村を守ってほしい」

「村を……ですか?」

ガーネットは首を傾げると怪訝な声を出した。

「ああ、村人の不安はビッグボアが襲ってくるかもしれないという点にある。森に狩りに出ている間に村を襲われたら目も当てられないからな」

今はビッグボアに人員を割いている余裕はない。ようは村の安全を保証し、ダンジョン調査が終わった後で対処すればいいのだ。

「もしビッグボアが現れても倒す必要ない。村人の安全を優先して追い返してくれれば」

「別に、倒してしまっても構わないんですよね?」

ガーネットは不敵に笑って見せた。

「んじゃあさ、とりあえず、明日と明後日できっちりとダンジョンの調査をして、依頼が終わったら森の探索をするってことでいいよね」

「はい、それで行きましょう」

ミナさんの言葉に、俺たちは頷くと、今後の方針を決定した。

翌日になり、俺たちは村の人を集め、村の入り口をガーネットとグロリアに警備してもらうことにしたとつたえる。

最初は「こんな少女だけでは頼りない」と言っていた村の人間も、ガーネットが剣技を見せ付けると、顔を青くして黙ってしまった。

そんなわけで、サロメさんが戻ってくるまではどうにか現状を維持できそうなので、俺たちは今日もダンジョンに潜っている。

「四層からモンスターの種類が増えるのはダンジョンの常識です。どれだけのモンスターが来ても、慌てることなく適切な対応をしてください」

オリーブさんはそう言うと、魔法を唱える。ミナさんとオリーブさんはBランク冒険者で、相当な修羅場を潜り抜けている。

そんな彼女たちからの助言は、とてもためになった。

「来たよ【ポイズンスパイダー】【パラライズフロッグ】【キラーマンティス】【アサルトビー】。いずれも状態異常を掛けてくるから攻撃を食らわないようにね」

ミナさんからの警告が飛ぶ。一度にこれ程の種類のモンスターが出てくると、的確に弱点を攻撃するのは不可能かも知れない。

「ティム、いつも通りにやれば平気よ」

マロンが声を掛けてきて、魔法の用意をしている。俺は彼女が魔法を放つタイミングを待った。

「『ファイアバースト』」

モンスターの中心に、魔法を撃ち込んで爆発させる。

「行くよ、後輩君」

俺とミナさんは突っ込むと、態勢が崩れているモンスターたちを次々と倒して行く。

「後少しです、頑張って！」

オリーブさんが適宜魔法を唱え、ヒーリングを掛けてくれるので、怪我をしてもすぐに治してもらえる。

「改めて思ったけど、強いなこのパーティー」

四層をものともしない動きをする三人を含め、やれる感触を掴むのだった。

四層の攻略を終え、村に戻ると、周囲の村人の視線が気になる。

先日の揉め事以来、冒険者と村人の間に深い溝ができている。元々、好意を持たれていなかったので、嫌悪感が増したくらいだろう。

「お腹ぺこぺこりんだよ、今日のご飯は何っかな？」

ミナさんが歌いながら食事を楽しみにしている。

「もう、ミナ。食べ物の話ばかりしないの」

オリーブさんが、ミナさんを窘めた。

「私パス、食欲がないわ」

マロンはげっそりとした様子をしている。四層のモンスター討伐で状態異常をくらいまくったせいで、元気がないようだ。

広場へと向かう俺たちに、村人が冷たい視線を送ってくる。ビッグボアの件が知れ渡っているのだろう。俺の胸がズキンと痛む。流石に見知った人間からこんな目で見られるのは痛かった。

「一刻も早く、ダンジョンの調査を終わらせるのが、皆のためでしょ」

服を引っ張り、マロンが俺を見ている。

「ああ、そうだな……」

俺はマロンの言葉に頷くのだった。

ティムとマロンがダンジョンに潜るようになってから、サーシャは一人でいることが多くなった。

★

元々、人見知りをする性格だったのもあるのだが、村中がピリピリしているので、誰かと話すこともできない。

そんな中、サーシャは古びた小屋の裏に座り込んでいた。

新しく資材を保管する倉庫もできたので、今ではここに用がある村人もいない。人気のない場所は、他人と話すことが苦手なサーシャにとって都合が良かった。

「えいっ！『ふぁいああろー』」

そんな場所で、サーシャは魔法の練習を行っている。マロンが放った動作を思い出し、てのひらを突き出す。だが、結果は見ての通り、サーシャは首を傾げた。

「うー、何が違うんだろう？」

ダンジョン発見以来、サーシャはマロンに頼んで何度か魔法を見せてもらった。

サーシャにとって、無から火や氷を出す魔法は手品を見ているようで、様々な自然現象を操り、便利に使うマロンに憧れを抱いた。自分でも魔法を使ってみたいと思うようになり、見よう見真似をしてみるが、そんな簡単に身に付くものではない。

「……待って、マロンお姉ちゃんは確か……」

ただ見たままを真似るのではなく、魔法が発動するまでのタイミングや魔力の動かし方を真似る。サーシャは熱中すると、魔法の練習を続けた。

どれだけの時間が経っただろうか、サーシャの注意を引き戻したのは誰かの話し声だった。

小屋の裏から顔を出すと、そこで数人の村人が話をしていた。

「まったく、ティムのせいでとんでもないことになった」

「あいつがダンジョンを発見しなければ……」

「村の代表にしてやったのに、あれじゃあ冒険者ギルドの回し者じゃないか」

「裏切者が」

ティムに対する不満をぶちまける声が聞こえてくる。サーシャは身体を縮こまらせるとそっと息を殺した。

「だが、このままだとまずくないか?」

「ああ、今は落ち着いているが、いつビッグボアが村を襲うかもわからない」

「あいつらは、ダンジョン調査に執心だからな。依頼を終えたら俺たちのことは放置して街に戻ってしまう」

村人はティムのことも冒険者のことも一切信じていない。このままでは村はまた新しく依頼を出すか、自分たちでビッグボアを倒さなければならない。この場にいる人間はそう考えたようだ。

「俺にいい考えがある」

「なんだよ？」

村人の一人が企みを口にする。

「そのビッグボアを見つけて、誘導するんだ。冒険者にぶつければ、流石にあいつらも戦うしかなくなるだろう」

冒険者が動かないというのなら、動くように仕向ける。村人の一人はそう言った。

「しかし、そんな上手いこと行くのか？」

「それなら作戦がある。以前、ビッグボアを討伐に来た冒険者が、モンスターを引き寄せる粉を使っていた。こいつをティムの装備に振りまけば上手く行く」

村人の言葉に、サーシャはビクリと身体を震わせた。

「流石に、そこまでするのはまずくないか？」

冒険者との間に確執はあるが、同郷のティムに対する仲間意識もまだ残っていた。

「平気だって、あいつの周りにいるのはBランク冒険者らしいし。いざとなれば冒険者同士助け合うだろう」

それから、村人たちは仕掛けるタイミングについて相談をする。これからティムを見張り、彼がいない間にそっと荷物に紛れ込ませるつもりだ。

「このままじゃ、お兄ちゃんが……」

サーシャは青ざめると、目に涙を浮かべ、ティムがモンスターに襲われることを想像する。

「私が、何とかしないと……」

そして、涙をぬぐうと、村人を追いかけていった。

★

「ふう、流石に毎日あの数を相手にすると疲れるな……」

その日の調査を終え、食事を摂った俺は広場の焚火前で休んでいた。ダンジョンが活性化しているせいで、四層のモンスターの湧きが凄く、連日狩りをしているので疲労も溜まっている。

本来なら、実家に戻ってベッドに横になって寛ぎたいところだが、今は村の中を歩いて村人を刺激したくない。

俺が実家に出入りしていると、両親やサーシャまで村八分にされてしまう可能性もあるので、こうして冒険者のキャンプに滞在している。

そんなことを考えていると、目の前に知り合いが立っていた。

「ティム君？」

グロリアと目が合った。

「そっちは見張りから戻ってきたところか？」

彼女には村の入り口を見張ってもらっている。いつビッグボアが現れるとも限らないからだ。

「うん、ガーネットと交代したところなの」

現在は、ガーネットが警備しているらしい。彼女は王都でも、多くのモンスターを剣一本で倒してきたので、今回みたいな、気持ち悪い昆虫型のモンスターでなければ後れをとることはないだろう。

「ティム君は、休憩中みたいだね？」

他の冒険者は、テントに入って酒盛りをしているのだろうが、俺は彼らと仲が良いわけではないので一人でいる。

「ああ……ちょっとな」

今の俺は村人からも冒険者からも距離を置かれているので一瞬返答に詰まってしまう。

グロリアはアイスブルーの瞳で俺をじっと見つめてくると、

「ティム君、少し散歩しない？」

俺の手を取った。

「水場はやっぱり気持ちいいね」

グロリアに誘われるままに、俺は小川へと足を運んだ。

ここは、以前釣りをした場所ではなく、村人が洗濯を行う場所で、夜になったこの時間にいるのは俺とグロリアだけだった。

水の流れる音と、虫の鳴き声が耳に残る。生まれ育った場所で、毎日聞いてきた音なので妙に落ち着いた。

「私、これでも村では年長組だったから、家事とか得意なの」

前を進み小川に手を浸すとグロリアは振り返った。月明かりが彼女の頬を照らし、美しい横顔に思わず見惚れてしまう。

俺がじっと彼女を見ていると、グロリアは立ち上がり近付いてきた。

「ティム君、あまり一人で抱え込まないでよ」

「だけど、俺は村の代表でもあり、冒険者でもあるから……」

今の状況を何とかしなければならないと考えてはいるが、肝心の村人と冒険者、両方に歩み寄る意思がなければどうしようもない。

「冷たっ⁉」

俯いていると、グロリアが近付き濡れた両手で俺の顔を挟み込む。

「何するんだよ?」

予想外のグロリアの行動に、俺は驚くと彼女に真意を問う。

「少し頭を冷やした方がいいかと思ったから」

彼女は正面から俺を見ると眉根を歪ませた。

「私ね、昔からティム君に不満があったんだよ」

「お、おう。ごめん……」

唐突に切り出されるグロリアの言葉に俺は謝る。

「ティム君は自分を卑下しすぎだよ。冒険者のことだってそう、私はずっとあなたとパーティーを組みたいと思っていたのに……」

研修時代を終え、同期でパーティーを組むための場が用意された。その時、俺はガーネットの視線を感じていたが顔を合わせないようにしていた。彼女もそれに気付いていたのだろう。

「だけど、それは……、俺がスキルなしの役立たずだったから……」

スキルがなければ足手まといになる。そんな俺がグロリアやマロンとパーティーを組めるはずもないし、周囲もそれを許さなかっただろう。

「私は！　村人のティム君でもなく、冒険者のティム君でもなく、ただの君と一緒にいたかったの！」

「グ、グロリア？」

突然の告白に俺は驚いた。

顔を赤くし、瞳を潤ませている。彼女が嘘を言っていないのがわかった。グロリアは俺に徐々に顔を近付けてくる。柔らかそうな唇が視界に入り、触れればどのような感触がするのか気になる。

ほんの少し顔を動かせばそれを確かめることができる、互いの距離が近付き後少しで唇が触れそうになったところで……。

「大変よ、ティム！」

血相を変えたマロンが現れ、俺たちは弾かれるように離れた。

「サーシャが、村の外に出て行ったわ」

「それで、どういうことなんですか？」

広場にて、村の人間と冒険者、村長に俺の両親も集まっている。全員が深刻な顔をしていて、俺はその場の皆に問いかけた。

「そこの村のやつと、お前の妹がもみ合って争ってたんだよ」

Bランク冒険者の男が説明をしてくれた。

「サ、サーシャがいきなり飛び掛かってきたんだ……それで……」

村の男三人が、しどろもどろになりながら言葉を濁した。

「そもそも、村の人間は用事がなければこの広場に近付かないという話でしたよね？　どうしてあなたたちはここに来たんですか？」

あの人見知りするサーシャが、大人相手に飛び掛かるなんてよほどのことがなければありえない。

「それは……」

村人が顔を伏せる。言い辛いことがあるようだ。

「とにかく、早く妹を探さないと……」

サーシャの足では、そう遠くに行ってないはず。走り去った方向に向かえば追い付けるだろう。

「ちっ、仕方ねえ。せっかくいい気分で酒を呑んでたのによ……」

「えっ？　手伝ってくれるんですか？」

頭を掻き、面倒くさそうにしながらもサーシャを探してくれるつもりのBランク冒険者に、俺は意外な視線を送ってしまう。

「ガキが一人で村の外に出たんだ、当たり前だろうが？」

「だって、あんたら……、ビッグボアを倒すために森に入るのを拒否したじゃないか!?」

村人の一人が声を荒らげた。

「お前、あほか？　依頼にない討伐を押し付けられるのと、迷子のガキを保護するのはまったく別物だろ。俺たちだって、元を辿れば無力なガキだったんだからな。子供の面倒は大人が見る。当然だ」

Bランク冒険者は照れ隠しなのか、そっぽを向く。

「あああああああああああああっ⁉」

村人の一人が大声を上げた。

「どうしたのじゃ？」

村長が話し掛けた。

「小袋がない！　サーシャが持って行ったんだ……」

「それはどういうことですか？」

俺は嫌な予感がしつつ、村人に確認をする。彼の顔は青ざめており、明らかにただ事ではないと告げている。

「あの小袋の中には、以前冒険者が持ってきた、モンスターを引き寄せる粉が入っていた」

次の瞬間、最悪の事態に、その場が凍り付くのだった。

★

「ううう、怖いよぉ……」

薄暗い森の中を、サーシャは肩を縮こまらせながら進んでいく。

「でもこれを捨てないと、お兄ちゃんが危ない目に……」

隙を見て、村人からモンスターを引き寄せる粉が入った小袋を奪ったのはいいものの、奪い返されてしまえばティムに使われてしまう。

サーシャは小袋を捨てるために森に入ったのだ。

「大丈夫、もうちょっと奥に入って、隠してくるだけ……、そうすればお兄ちゃんは安全だもん」

それでティムはこれまで通りに冒険を続けられるようになる。その一心でサーシャは足を動かした。

「うう、ぐずっ……怖いよぉ」

だが、森の奥に進むたび、サーシャの抱いていた勇気は抜け落ちてゆく。木々に遮られ、月明かりも届かず、方向感覚すら怪しくなった。

「や、やっぱり、帰った方が……」

とうとう、恐怖が心を支配し、帰ろうと考え振り向くのだが……。

「きゃぅ!?」

よそ見をしたため、木の幹に足を取られ転んでしまった。

「ううう、痛いよぉ。お兄ちゃん、お姉ちゃん」

泣きながらティムとマロンを呼ぶ。

「ん、変な臭いが……」

気が付けば、小袋の紐が緩んでいて、中身が地面に零れていた。粉は舞い上がり、周囲に漂い始める。

森全体がざわめき、生き物の鳴き声が周りから聞こえ出す。

「やぁぁぁ‼」

サーシャはうずくまると泣き出し、震えるのだった。

★

「こっちだ、急いでくれっ！」

俺は全力で森の中を疾走すると、サーシャの反応がある場所を探して走り回っていた。

手掛かりになるのは『探索』によって表示される赤い点、明らかに意思を持って集まりつつある。

ミナさんやオリーブさん、他にもBランク冒険者にも来てもらっているのだが、俺の全力疾走に付いてこられるのはガーネットとミナさんだけだった。

「うう、サーシャちゃん……間に合って！！！」

すれ違いざまにモンスターを斬り捨てるガーネット、彼女は村の入り口を見張っていたのだが、サーシャは横にある柵が壊れた場所から抜け出していた。それに気付けなかったことを後悔している。

「今はとにかく、妹ちゃんを早く保護しないと‼」

ミナさんもダガーを振るう。おそろしい程正確な攻撃で急所を斬り裂く。モンスターが一瞬で絶命していた。

「まずいっ！」

赤い点による包囲網が狭まり、中心にいるサーシャと接触する。

「くっ、先に行きますよっ！『オーラ』」

限界を超えた加速でガーネットが速度を上げる。

「いやあああああああああああああああああああああああ！」

「サーシャちゃん⁉」

前方に、サーシャが座り込んでいて、正面からビッグボアが突撃していた。

「間に……あわ……ない⁉」

その瞬間、俺もガーネットも、自分たちの持ちうるスキルでは、ビッグボアに届かないことがわかってしまった。

俺たちが辿り着くころには、サーシャはビッグボアの巨体に押し潰される。絶望がはじけそうになる。これが俺に対する罰なのか、もっとちゃんと妹と話していれば、この事態は防げた。

俺たちが村に戻ってこなければ……。

どうすればよかったのか、後悔が浮かび上がる、だがそれでも……。

「させるかぁぁぁぁぁぁ！」

「させませぇぇぇぇん！」

俺とガーネットの身体が光を放つ。イメージが流れ込み、新たな何かを掴んだ。

「『オーラブースト』」

「『縮地』」

世界が加速し、景色がゆっくりと流れた。俺とガーネットは時が止まったかのような感覚にとらわれ、

「間に合えええええええええええ‼」

これまで以上の速度で突進した。

◇

「『スマッシュ』」

ガーネットの剣閃が走り、ビッグボアへと向かう。

「『アースウォール』」

土壁が盛り上がり、サーシャとビッグボアの間を遮った。

「きゃあああああああああ!?」

土壁の向こう側からサーシャの悲鳴が上がった。

「サーシャ！！！」

ティムが壁を回り込むと、別な方角から近付いていたモンスターが、サーシャに襲い掛かるところだった。

「俺の妹に手を出すなっ！」

一瞬で距離を詰め、サーシャに襲い掛かろうとしたモンスターに攻撃を加えるティム。あまりの速さに、全員がティムを見失った。

「『ウインドアロー』」

サーシャを背に置くと、ティムは集まってきたモンスターに魔法で牽制を入れた。

「ティムさん、数が多いです！」

「はぁはぁ、後輩君。妹ちゃんを守りながら撤退はきついよ」

モンスターの包囲網を突き破りサーシャを助けにきたティムたちは、今度はモンスターの数に押されていた。

「『ウインドアロー』」

「はああああああああっ！」

「えーい、しつこいっ!!」

ティムとガーネットとミナが奮闘する。サーシャを背にしてそれぞれ正面から来るモンスターを倒し続ける。

数が多いとはいえ、全員がBランククラスの戦闘力を有している。だが、モンスターの勢いが凄く、徐々に押され始めていた。

「ミナ先輩！　私とティムさんが道を開くのでサーシャちゃんを連れて突破してください」

このままでは攻撃がサーシャまで届いてしまう。そう判断したガーネットは自分たちで食い止めると言った。

「えっ、でも流石にこの数を二人では無理じゃ？」

「大丈夫です！　私は絶対に倒れません。サーシャちゃんもティムさんも守るんです！」

ダンジョンの比ではない数のモンスターが集結している。その上、森の中ということもあり、使える魔法が限られていた。いくらなんでも厳しい。

「でも、それだったら一番ランクの高い私が」

「いえ、私が！」

戦いながら、どっちが残るか言い争うミナとガーネット。

「いや、大丈夫だ」

次の瞬間、

「助けに来たぞっ！」

他の冒険者が追い付き、モンスターを攻撃し始めた。

「うぇぇえん。ぐすっ……、お兄ちゃーん」

泣きながら俺の胸に飛び込んでくるサーシャを抱き締める。俺は妹の無事な姿を見ると安心し、ぎゅっと力を入れた。

「ひとまず、この周辺に集まったモンスターは大体始末したよ」

ミナさんがダガーを収めながら戻ってくる。周囲には追い付いてきた他の冒険者もいて、集まってしまったモンスターを片付けてくれていた。

「それにしても、いつの間に『縮地』なんて使えるようになったの？」

「いや……無我夢中で……」

あの瞬間、手持ちのスキルでは絶対に届かないことを察した。これまで以上の速度が必要になる。本能的にそう察した俺は、ミナさんが使っていた『縮地』を再現しようとした。

これまでも、ガーネットの剣技を真似したりしていたので、ギリギリで上手く噛み合った感覚だ。

「とりあえず、戻ろう」

あの感覚が何だったのかについては、後で検討するとして、今は妹を村に連れて行くのが優先だ。

「ううう、良かった、サーシャちゃん。良かったです」

「ガーネットお姉ちゃん、苦しい、息ができない」

俺が解放すると、ガーネットがサーシャに抱き着く。

ガーネットの胸に顔を埋めさせられ、もがくサーシャ。

俺たちはそんな二人を見て笑顔になると、森を脱出するのだった。


「サーシャちゃん、無事で良かった」

森から戻ると、グロリアが駆け寄ってくる。心配していたのだろう、サーシャが無事な姿をみて安心していた。

「俺たちも、ごめん」

俺にモンスターを押し付ける計画を立てていた三人組が謝る。彼らの計画のせいでサーシャが危険な目に遭ったのは間違いないからだ。

次の瞬間、乾いた音がした。

「えっ？」

頬を押さえたサーシャは信じられないような表情を浮かべる。

「あんたっ、死ぬところだったのよっ！」

怒りをあらわにしているのはマロン。彼女はこれまで見たことのないような怒りを見せるとサーシャを睨み付けていた。

「ご、ごめんなさい」

謝るサーシャをマロンは抱き締めた。

「まったく、あんたたち兄妹は本当に面倒ばかり掛けるんだから」

涙を浮かべ、サーシャが無事だったことを心の底から喜んでいた。

「すまなかったな、ティム」

「村長さん……」

「わしらは自分たちの弱さを受け入れることができず、若者に責任を押し付けてしまった」

村長が頭を下げると、村人も一斉に頭を下げてきた。

「ここにいる冒険者の方々は、サーシャが危険に晒されていると知って真っ先に動いてくださった。わしらが冒険者に偏見を持っていたのは間違いなかろう」

「よせよ、確かに冒険者の中にはそういった連中も存在するからな」

実は顔が怖く態度が悪く見えるだけのようで、良い人のようだ。真っ向から褒められて居心地が悪そうにしている。

「改めて頼みます。多くの犠牲を出さないため、ダンジョンの調査をよろしくお願いします」

村長が頭を下げると、

「良かったですね、ティムさん。この先、この村はきっと上手くいきますよ」

オリーブさんが微笑み掛けてくるのだった。

エピローグ

「うぅーん、こういうことだったのか……」

俺は自分のステータス画面を見ると、自分の職業が切り替わっていることに気付いた。

『トリックスター』

「スキルは見ている間に覚える。マロンの言葉だったけどな……」

相手の動きを見て真似ている間に新しい職業が出現するとは、まだまだ『ステータス画面』も奥が深い。

今回、サーシャの危機に『縮地』が使えたのはこの職業のスキル『ものまね』のお蔭だった。

「ティムさん、そろそろ出発ですよー」

ステータス画面を見ていると、ガーネットが呼びにきた。

「ティム、お前の活躍を耳にするのを楽しみにしているぞ」

「いつでも、帰ってきて構わないんだからね」

両親が晴れ晴れとした笑顔で告げる。あの日、サーシャを助けるため森に入って以来、冒険者も村の人たちも俺を認めてくれた。

両親からも冒険者を続けるようにと後押しされている。

「サーシャ、お前も挨拶しなさい」

意外だったのはサーシャだ。妹は以前のように駄々をこねることもなく、俺に冒険者を続けていいと言ってきた。

妹は俺の前に立つと顔を上げ、口を開く。

「サーシャも、絶対冒険者になる！」

「「「えっ？」」」

両親と俺の声が重なる。

「だって、あの日のお兄ちゃん、凄く格好良かったもん！」

目を輝かせるサーシャ。

「まぁ、ティムさんが格好いいのは認めますけど」

見当外れな感想を述べるガーネット。

「でも、冒険者も大変なんだよ？」

グロリアがサーシャに冒険者の苦労を説く。

「ううん、そんなことない！　冒険には夢が詰まってるもん！」

それは、かつて俺が何度も口にしていた言葉だった。サーシャは、そう言い続ける。

「まぁ、サーシャさんが冒険者になるころには、ここも街として発展しているでしょうから、あながち間違った選択肢ではないでしょう」

オリーブさんはサーシャが冒険者になるのを肯定した。

「その時はマロンお姉ちゃん、魔法を教えてね」

「あっ、そこは私やティムさんみたいに武器を振るつもりはないんですね……」

憧れの姉ポジションを狙っていたのか、ガーネットが残念そうにしている。

「ええ、約束したからね。その時は、冒険者の楽しさを教えてあげるわよ」

マロンは妹の頭を乱暴に撫でると、帽子をかぶせてやった。

「ここが発展して、街になって、私たちとサーシャちゃんがパーティーを組んで冒険をする。そんな日がいつかくるかもしれないね」

グロリアがそんな未来を予想する。

俺が周囲を見渡すと、サロメさん、ミナさん、オリーブさん、ガーネット、マロン、グロリアと順番に目が合った。

とても個性的な彼女たちにサーシャが加わり、パーティーを組むことを想像すると、

「それはそれで頭が痛くなりそうだな」

苦笑いを浮かべるのだった。

本書に対するご意見、ご感想をお寄せください。

あて先

〒162-8540 東京都新宿区東五軒町3-28
双葉社　モンスター文庫編集部
「まるせい先生」係／「いずみけい先生」係
もしくは monster@futabasha.co.jp まで

Mま02-06

Fランク冒《ぼう》険《けん》者《しゃ》の成《な》り上《あ》がり～俺《おれ》だけができる《ステータス操《そう》作《さ》》で最《さい》強《きょう》へと至《いた》る～②

2023年5月1日　第1刷発行

著者　まるせい

発行者　島野浩二

発行所　株式会社双葉社
〒162-8540　東京都新宿区東五軒町3-28
電話　03-5261-4818(営業)
03-5261-4851(編集)
http://www.futabasha.co.jp
(双葉社の書籍・コミック・ムックが買えます)

印刷・製本所　三晃印刷株式会社

フォーマットデザイン　ムシカゴグラフィクス

落丁・乱丁の場合は送料双葉社負担でお取り替えいたします。[製作部]あてにお送りください。ただし、古書店で購入したものについてはお取り替えできません。
[電話]03-5261-4822(製作部)

定価はカバーに表示してあります。

ISBN978-4-575-75324-0　C0193
Printed in Japan

モンスター文庫

超難関ダンジョンで10万年修行した結果、世界最強に
～最弱無能の下剋上～
1
水 力
ill 瑠奈璃亜
【この世で一番の無能】カイ・ハイネマンは13歳でこのギフトを得た。しかし、ギフトの効果により、カイの身体能力は著しく低くなり、ギフト至上主義のラムールでは、蔑まれ、いじめられるようになる。カイは家から出ていくことになり、王都へ向かう途中襲われてしまい必死に逃げていると、ダンジョンに迷い込んでしまった――。そのダンジョンでは、「神々の試煉」をクリアしないと出ることができないようになっており、時間も進まないようになっていた。カイは死ぬような思いをしながら「神々の試煉」を10万年かけてクリアする。クリアする過程で個性的な強い仲間を得たりしながら、世界最強の存在になっていた――。かつて、無能と呼ばれた少年による爽快無双ファンタジー開幕！
モンスター文庫

発行・株式会社　双葉社